集英社オレンジ文庫

平安あや解き草紙

〜その女人達、ひとかたならず〜

小田菜摘

本書は書き下ろしです。

CONTENTS

イラスト／シライシユウコ

平安あや解き草紙

その女人達、ひとかたならず

HEIAN AYATOKI SOSHI

第一話
人間なんだから十人十色

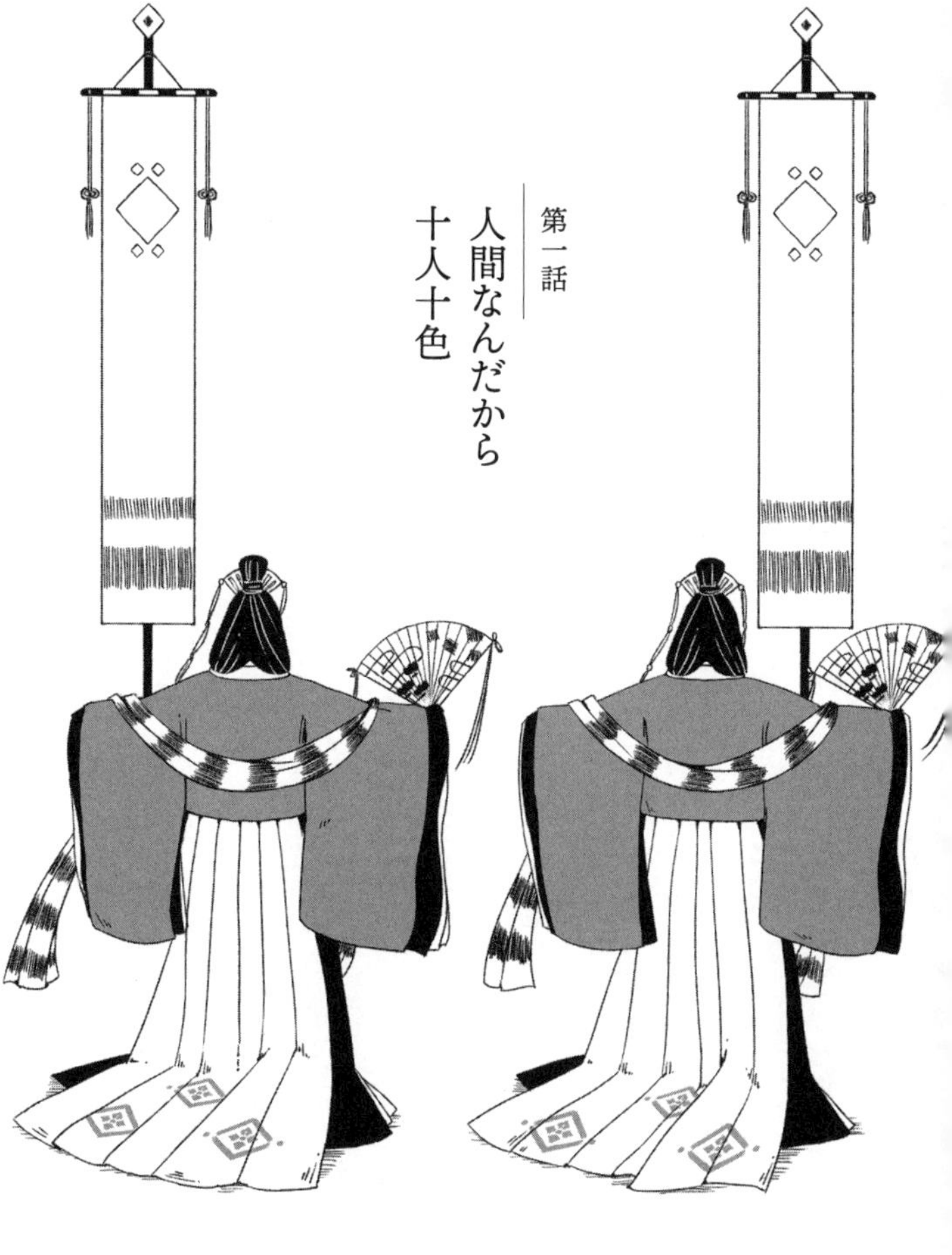

大嘗祭《おおなめさい》の準備で御所中が慌《あわただ》しさを増す霜月上旬《しもつきじょうじゅん》。左大臣《さだいじん》の大姫にて、齢《よわい》三十二歳の尚侍《ないしのかみ》・藤原伊子《ふじわらのかのこ》のもとに、先年亡くなった若狭守《わかさのかみ》の娘が訪ねてきた。

「沙良《さら》と申します。どうぞよろしくお願いします」

廂《ひさし》の間に入ってきた十四歳の少女は、緊張した面持《おもも》ちを浮かべつつも聞こえのよいはっきりした声音《こわね》で挨拶《あいさつ》をした。初雪に散った山茶花《さざんか》の花びらを思わせる、白の表着《うわぎ》に薄紅《うすべに》の唐衣《からぎぬ》を羽織《はお》った女房装束《しょうぞく》は、先月裳着《もぎ》を済ませたばかりの十四歳の乙女《おとめ》にふさわしい装《よそお》いだった。

女房でもない沙良が参内《さんだい》をした理由は、数日後に控える大嘗祭で披露される『五節舞《ごせちまい》』の教習を受けるためである。儀式の最大の見せ場である五節舞の舞姫の一人に、彼女は選ばれたのだ。

伊子は自分の座にて、親子ほども歳《とし》の離れたこの少女をしげしげと眺めた。

舞姫に選ばれただけあって、さすがの美形だ。凜《りん》とした顔立ちに加え、背筋を伸ばした姿勢の良さは舞殿《まいどの》（舞台）でも見栄えがするだろう。

（それにはきはきとしているし、宮仕えにはむいていそうだわ）

実は伊子にとって、舞姫としての適性よりもこちらのほうが重要だった。

天皇が即位をした年にかぎり行われる大嘗祭で舞姫を務めた者は、女房として御所に召し抱えられることが慣例となっている。つまりこの沙良という娘は、近々に伊子の部下となる者だったのだ。

新しい女房候補の好印象にひとまず安心すると、伊子は柔らかい口調で語りかけた。

「あなたの話は左大将《さだいしょう》から聞いていますよ。なんでもご両親が相次いで身罷《みまか》られてしまったとか……」

若狭守が先に亡くなった北《きた》の方《かた》のあとを追うように身罷ったのは、一昨年のことだという。二人の間に男児はなく、この沙良という少女が彼らの一粒種《ひとつぶだね》であった。成人でも女が一人で生きてゆくことが難しい世で、まして十四歳の少女が一人取り残されたというのだから痛ましい話である。言っても詮無《せんな》いことだが、せめて男兄弟がいれば頼るべき相手となりえただろうに。

「お気の毒でしたね。喪中《もちゅう》の間は、さぞかし心細かったでしょう」

「はい。ですからこのたび左大将様の舞姫に選んでいただいたことを、まことにありがたく存じております。これで家人達を養うことができるのですから、左大将様のお心遣いには、いくら感謝をしても尽きぬことはございませぬ」

哀れむように語りかけた伊子に、予想外にたくましく沙良は答えた。

伊子の表情に自然と笑みが浮かぶ。不安よりも希望と感謝を口にしたこの少女にたちまち好感を持った。寄る辺《よるべ》のない立場を嘆《なげ》くよりも、宮仕えという生活の糧《かて》を得たことに期待と喜びを抱いているのだから、地に足のついたしっかりした娘にちがいないと思った。

それから少し世間話をしたあと、沙良は用意された局《つぼね》にと引き下がっていった。

「良さそうな娘じゃないですか」

乳姉妹《ちきょうだい》・千草《ちぐさ》の言葉に伊子はうなずく。

交わした会話は長いものではなかったが、沙良の利発さを知るには十分だった。

「そうね。あの娘なら舞姫の務めも立派に果たしてくれそうね」

「緊張のあまり、舞姫が気を失うことは良くありますからね」

苦笑いを浮かべつつ言ったのは、伊子の右腕でもある掌侍《ないしのじょう》(内侍司《ないしのつかさ》における三等官の役職名。尚侍、典侍《ないしのすけ》の下につく)筆頭の勾当内侍《こうとうのないし》だ。

五節の舞台を前に舞姫が倒れるという話は何度か耳にしたことがあったが、長年後宮に仕える勾当内侍は、そのような光景を何度も目にしてきたのだろう。裳着を迎えたばかりのうら若き乙女が、御所に上がって帝《みかど》や貴族達の前で舞を披露するのだから、そりゃあ緊張もするはずだ。

「例年の新嘗祭《にいなめさい》でも、舞姫選びは頭痛の種だと言うものね。しかも今年は一世一代の大嘗祭だから、献上者の方々は大変だったでしょうね」

伊子の言葉に、勾当内侍は「まことに」とうなずく。

「莫大《ばくだい》な経費はもちろんですが、舞姫からお付きの者達まで、容姿端麗《ようしたんれい》な娘達を揃《そろ》えなくてはなりませぬから」

「確か舞姫は、大嘗祭が五人で新嘗祭でも四人が必要なのよね？　それにお付きの者達が十人前後としても、四、五十人もの容姿端麗の娘を毎年揃えられるものなのかしら？」

「十人ではとてもすみませぬ。傅《かしず》きの女房だけでも十人近く揃えますから。それに童女《わらはめ》と下仕えの女房、もちろん端女《はしため》も必要です。さすがに端女にまでは、容姿端麗であることは求められておりませぬが」

伊子と勾当内侍のやりとりに、千草が笑い声をあげた。

「いやいや。いくら厳選したってそれだけ女がいたら、しかも毎年だったというのなら、三分の一くらいは〝普通〟が混ざっていますよ」

やけに現実的な数字に、伊子と勾当内侍は苦笑を漏《も》らした。とは言っても着飾った若い娘が集団でいれば、たいていはそれだけで華やかでひと目を惹《ひ》くものである。

「されど選《え》りすぐりの美少女達だということで、舞姫参入のさいは毎年殿方達《とのがた》が浮かれて、特に若い方々は、殿上《てんじょう》の淵酔《えんすい》で騒動を起こすこともしばしばでございますのよ」

勾当内侍の物言いは普段通り穏やかだったが、声音の奥に張りつめたものがあった。それで伊子は、実際には笑い事ごとではないのかもしれないと思った。

殿上の淵酔とは、舞姫参入後に殿上の間で催《もよお》される酒宴のことだ。淵酔の名称が示すとおり、深酒が過ぎて結構な乱痴気騒《らんちきさわ》ぎになることが多く、過去には傅きや下仕えの女房達に狼藉《ろうぜき》を働いた不埒者《ふらちもの》もいたと聞く。酒に酔った勢いはもちろん、彼女達の大半が中流以下の身分が高くない娘なので、悪さをしても大事にならないと軽んじているのだろう。

もちろんそんなことは、身分の高い者の身勝手な理屈だ。

女の身分がどうであれ、そんな傍若無人《ぼうじゃくぶじん》な行動を許すわけにはいかない。

「ならば殿上人達《かれら》の行動には、目を光らせておかねばならないわね」

さらりと言いつつも、伊子は気を引き締める。

舞殿と舞姫達の控所を設けた五節所は、後宮の常寧殿《じょうねいでん》に作られる。伊子が賜《たまわ》る承香殿《しょうきょうでん》の北向かいに位置するが、その距離はけして近くない。双方を繋《つな》げる渡殿《わたどの》が、中門を通って土間に下りる造りになっているからだ。そのため女人《にょにん》が常寧殿に行くときは、筵《むしろ》を敷くか渡殿《わたどの》に迂回《うかい》することが常であった。

常寧殿に女房を置いて見張らせるという手もあるが、これも身分の高い男が相手だと、中﨟《ちゅうろう》程度ではなかなか止められない。

（なにか起きたらすぐに私を呼ぶようにさせるか、いっそのこと左大将にも話を通しておこうかしら……）

沙良の後見人でもある左近衛大将は、宮中を警護する近衛府の左方の長官だ。

職務上の義務はもちろんだが、舞姫献上者の一人としても、悶着《もんちゃく》が起きないよう例年以上に気を遣っているはずだ。そこに敢《あ》えて伊子が口を挟むなど、相手によっては越権だと気を悪くされかねないが、あの鷹揚《おうよう》な左近衛大将なら心配はないだろう。

もろもろ思案する伊子の横で、千草と勾当内侍は話をつづけている。

「それにしても左大将様は、いったいどういった経緯であのように優れた娘を見つけられたのですか？」

千草が言う〝あの娘〟とはもちろん沙良のことだ。

この問いが勾当内侍にむけられたのには理由《わけ》がある。実は左近衛大将と勾当内侍は、かつて恋人の関係にあったのだ。しかも十五歳になる息子まで生した仲である。ちなみにその息子・蛍草《ほたるぐさ》の君《きみ》こと藤原尚鳴《ふじわらのなおなり》は、先日帝の傍近くに仕える五位蔵人《くろうど》に任じられていた。

「左大将様は若狭守にとって主家筋に当たる御方。その縁もあって、今回の舞姫採用とあいなったとうかがっておりますわ」

大嘗祭、あるいは新嘗祭における五節舞姫の献上者内訳は、近年では公卿《くぎょう》に殿上人《てんじょうびと》、それに受領層《ずりょう》で固定されている。

しかし献上者が誰であれ、舞姫自体はほとんどが受領層の娘であった。

かつては入内《じゅだい》にもつながった五節舞姫だが、近年では顔をさらすことが嫌われ、后《きさき》がねとなりうる高貴な家の姫達は参加をしなくなった。よって舞姫献上者に任命された公卿や殿上人は、家司《けいし》や自分の縁故にある受領の娘を舞姫として献上するようになっていたのである。

今回の大嘗祭にあたって、左近衛大将は縁故のある沙良を舞姫に選び、勾当内侍は後宮職員《こうきゅうしきいん》として沙良のための教場と局を御所に用意してやったのだ。

もっともこれも左近衛大将からすれば、勾当内侍に近づくよい理由になっているのかもしれなかった。

「どうですか？　ここぞとばかり左大将様が言い寄ってきたりはしていないですか？」

からかうような千草の言葉に、勾当内侍は少し頬《ほお》を赤くした。

左近衛大将が勾当内侍に、十五年以上の時を経てふたたび求愛をしているというのは既に皆の知るところとなっていた。嫌いあって別れたわけではないと聞いているが、勾当内侍としてはいまさら感も否《いな》めないでいるようだった。

ところが勾当内侍の意に反し、この元・恋人同士の行く末は、ひそかに宮中で注目の的《まと》となっている。双方共に同性から好かれているので、収まるところに収まって幸せになってくれればと彼らの友人達は思っているのだ。

伊子はその境遇が、素直に羨《うらや》ましかった。

同時にそんなことを思う自分を、浅ましいとも感じていた。

朗《ほが》らかに語りあう千草と勾当内侍の会話を聞きながら、伊子はそっと目を伏せる。曖昧《あいまい》に返答を濁《にご》す勾当内侍に、千草は遠慮《えんりょ》なく追及をつづける。

「左大将様のお姿は、以前からもよく目にいたしておりましたが、近頃は特に頻繁《ひんぱん》にお見かけするようになりました。これはもう、お目当てが勾当内侍であることは相違ありませんわ」

「そ、それは……」

「もう、そんなに難しく考えなくてもいいじゃないですか」

軽く叱《しか》りつけるような千草の物言いに、自分に言われた言葉でもないのに伊子は胸をつかれた。

「勾当内侍にとって左大将様は子を生すほどに縁の深い御方なのですから、きっとこれも定めですよ」

千草は力説するが、四人の子供がいるのに四回離婚している女が言っても説得力に欠ける。勢いのまま語る千草に口を阻《はば》むことも憚《はばか》られ、手持ち無沙汰《ぶさた》から伊子は檜扇《ひおうぎ》の先を手の中で弄《もてあそ》んでいた。

勾当内侍は釈然《しゃくぜん》としないように首を傾《かし》げている。千草の結婚歴が脳裏《のうり》にあるのなら、とうぜんの反応だ。

「定め…でしょうかね？」

「そうですよ。前にも申したではありませぬか。せっかく見つけた黄金を諦める必要などないって」

千草が言う黄金とは新しい男、すなわち新しい恋のことである。以前にも千草は勾当内侍に、別れた男など塵芥《ちりあくた》だと言い切ったあと、左近衛大将の二度目の求婚を新しい恋、すなわち黄金だと言って励《はげ》ましたのである。

そのとき伊子は、その言葉は自分への励ましでもあったのかと思ったものだった。

かつての恋人であり、いまの想い人でもある式部卿宮《しきぶのきょうのみや》・嵩那《たかふゆ》親王。

十年ぶりに再会をしてから、伊子の彼に対する想いは強くなる一方だった。

しかし衝撃は先月、神無月《かんなづき》に起きた。

いざ斎院御所《さいいんごしょ》で彼との二人きりの時間を作ってもらったとき、伊子も嵩那もたがいにどうすることもできなかったのだ。

二人きりの夜をどうにもできなかったあと、伊子は時々思うようになった。

私は諦めかけているのだろうか、と。

もちろん嵩那への想いは消えていない。けれどあまりにも困難な環境に、ためらいと不安が生じているのは確かだ。

十六歳も年少の今上《きんじょう》から入内を望まれている。帝の想いが自分の想像以上に真摯《しんし》かつ誠実であることを、彼の乳母《めのと》・高倉 典侍《たかくらのないしのすけ》から聞かされた。あれ以来、帝の想いをむげにすることへの罪悪感が、日に日に強くなっている。

問題は感情的なことだけではない。

もしも伊子が嵩那との想いを遂《と》げたとしたら、帝はけして良く思うまい。人柄を考えれば表立って咎《とが》めるような真似《まね》はしないだろうし、されたとしても自分の身のみであれば甘受《かんじゅ》する覚悟はある。

しかし累《るい》は、父や弟にまで及ぶかもしれない。もちろん当事者である嵩那にも――。

そのことを考えると、どうしても怯《ひる》んでしまう。

もろもろ逡巡《しゅんじゅん》する伊子の傍で、千草は勾当内侍を焚《た》き付《つ》けようとする。

「きっと蛍草の君（尚鳴）も、ご両親が復縁なされることをお望みですわ」

「いえ。あの子にかぎって、それはないです」

ここにきてはじめて、勾当内侍はきっぱりと否定した。

そこで伊子は、急に現実に引き戻された。

（確かに。あの蛍草の君が、そんな普通の息子のようなことを思うわけがない）

他人事《ひとごと》ながら断言できる。それどころか大好きな母を父に奪われると考えるかもしれない。

この返答には、さすがの千草も口をつぐんだ。もはや病《やまい》とも思える、尚鳴の異常な母親好きは、すでに宮中皆の知るところであった。

「まことに誰でもよいから、気になる女人を作ってくれないものかと……」

心底困り果てたような物言いは、勾当内侍の悩ましさを如実《にょじつ》に表している。

一般的に母親は、息子に好きな女人ができると安心しながらも一抹《いちまつ》の寂しさを覚えるものだと聞くが、勾当内侍にかぎってはそんな余裕のある状況ではなさそうだ。なんとかして息子を自分から離さないと、えらいことになると嘆《なげ》いていたぐらいなのだから。

そのとき衣擦《きぬず》れの音がして、簀子《すのこ》に姿を見せた女房が来客を告げた。

「式部卿宮様と左大将様が、おいでになられてございます」

「いやあ、本当に大変でした。二度とやりたくないですね」

　はじめての舞姫献上役の感想を、左近衛大将はあっけらかんと述べた。たとえ本心がそうでも、普通は光栄なことですが身に余るなどとぼかすものだが、この率直《そっちょく》さがいかにも彼らしい。

　廂《ひさし》との間には御簾《みす》が下ろされ、少し前まで沙良がいた場所に左近衛大将と嵩那が並んで座っている。左近衛大将が伊子を訪ねた理由は、教練で沙良が世話になることに礼を述べるためだった。沙良は今日明日と後宮《ここ》でみっちり指導を受けたあと、いったん退出して数日後の舞姫参入に備えることにもなっている。

「まったく、これで何年分の禄《ろく》が飛んだことやら。皆様の援助がなければ、家産《かさん》が傾くところでしたよ。尚侍《かん》の君《きみ》のお父上、左《さ》の大臣《おとど》はもちろんですが、宮様からも扇と絹を賜りまして、まことに助かりました」

　そう言って左近衛大将は、横にいる嵩那に目をむけた。ちなみになぜ嵩那が一緒に来たのかというと、このあと左近衛大将の家で一杯やろうという話になっているそうだ。

　嵩那は首を横に振った。

「私の支援など微々《びび》たるものでございます。されど日頃から親しくさせていただいている左大将殿を少しでも手助けできたのでしたら僥倖《ぎょうこう》というものです」

「また、さようなご謙遜《けんそん》を。贈与いただきました扇に施《ほどこ》された装飾の艶《あで》やかさと精緻《せいち》さには唸《うな》らされましたよ。さすが当代一の貴公子という呼び名にふさわしい、趣味の高さでございましたぞ」

和歌の才はめちゃくちゃだけどね。もしかしたら左近衛大将は、そんな言葉を呑《の》みこんだのではないかと、ひそかに伊子は勘ぐったりもした。

「まあ文句ばかりも申しましたが、面倒だけではなく、献上者として役得もありはしたのですよ」

「役得？」

「ええ。実は息子の蛍草蔵人《くろうど》（尚鳴のこと）を、舞姫の懐抱《かいほう》役に選ぶことができましてね」

控えていた女房達が歓声をあげた。さすがに勾当内侍《こうとうのないし》はすでに打診《だしん》を受けていたものと見えて、一人納得ずくの顔をしている。

興奮から伊子の声もはずんだ。

「懐抱役とは、ずいぶんと華々しいお役目を」

舞姫の手を引く懐抱役は、複数いる付き添い役の中でも特に花形だ。

参入の夜、内裏《だいり》北門に到着した舞姫達を殿上人達が出迎える。こうこうと明かりが灯る中、舞姫は常寧殿《じょうねいでん》までつづく筵道《えんどう》を懐抱役の殿上人に手を引かれて進むのである。

「蛍草殿のような美しい少年が、麗《うるわ》しい舞姫の手を引いて歩くさまは、さぞ眼福《がんぷく》な光景でございましょうね」

幽玄《ゆうげん》な篝火《かがりび》の明かりの下、華やかな装束《しょうぞく》をまとった美少女沙良を、五位の緋色《ひいろ》の袍《ほう》をつけた美少年尚鳴が介添《かいぞ》えするなど、想像するだけでうっとりする。

「さすがにそこまで福々しいものでもありますまいが、二人が緊張に負けることなく若い力を発揮してくれればと、親馬鹿を承知で期待しております」

一応謙遜しながらも、左近衛大将の口調はまんざらではなさそうだ。

しばらく上機嫌で語ったあと、左近衛大将はひょいと隣の嵩那を見た。

「宮様。いまから息子にこの件を告げて参ります。ここまで付きあわせたうえに恐縮ですが、もう少々お待ちくださいい」

先刻決まったばかりのこの件は、どうやら尚鳴の耳にはまだ入っていなかったようだ。

「左大将様、私も共に参りますわ」

伊子の傍《かたわ》らで、勾当内侍が立ち上がった。

「あの子のことです。本音では誇らしく思っていても、左大将様から伝えられたのでは気のないふりをするやもしれませぬ。万が一にでも捻《ひね》くれたことを言ったら、私がとっちめてやりますわ」

いつになく勇ましい勾当内侍に、左近衛大将は「それは良案」と笑った。

つまり勾当内侍の言い分は、大袈裟《おおげさ》でも冗談でもないということだ。

彼らが父子の名乗りを上げて（？）から三ヶ月が過ぎたが、尚鳴の左大将に対する態度は変わらず他人行儀《ぎょうぎ》だった。さすがに直後のように反抗的な態度は取っていないが、母親を挟んで、あたかも恋敵《こいがたき》に対するような言動もちらほらあると聞いている。

並みの男ならめげそうなものだが、そこは左近衛大将で明るいものだった。

なんでも勾当内侍から聞いた話によると、十五年の空白を数ヶ月で埋めようとすること自体が図々《ずうずう》しいし、まして一番難しい年頃の少年が簡単に打ち解けてくれるはずがないと笑っていたのだそうだ。

左近衛大将達が連れあって殿舎を出ていったあと、やおら嵩那が腰を浮かした。

色々な経緯があるだけに伊子は身構えかけたが、周りに千草や他の女房がいる状況で無《む》体《たい》な真似をするはずもないと腹をくくる。

御簾際に近づいてきた嵩那は、少し声を落とした。

「左の大臣からなにか聞いておられますか？」

とつぜん出てきた父の呼称に、伊子は虚をつかれる。

「いえ、特になにも……」

「さようでございますか」

「あの、父がなにか？」

伊子の問いに嵩那は「実は……」と切りだした。

「先ほど左大将も触れておられましたが、お父上は舞姫献上者の五人すべてに援助をして差し上げたそうです。しかも資産状況を鑑《かんが》みて、苦しい者のほうにこそより手厚く。普通は好き嫌いで決めるか自分の縁故にある者にかぎるでしょうに、まこと一《いち》の人《ひと》としてふさわしい優れたお心栄えです」

「ああ……」

伊子は納得した。舞姫献上の負担は、個人で容易に背負いきれるものではない。ゆえに地位の高い者や親しい者達が献上者に援助をすることが慣例となっていた。父は一の人として、その役目を果たしたに過ぎないが、個人の感情や勢力争いに影響されずに平等に当たったことは称賛に値する。

「こう申してはなんでございますが、右の大臣は藤参議《とうのさんぎ》と摂津守《せっつのかみ》に、逆に新大納言（大納言の次席にある者の呼び名。首席の者は一の大納言と呼ぶ）は源中納言《げんのちゅうなごん》と備前守《びぜんのかみ》にしか、それぞれに援助をしませんでしたから」

なるほど、言いたかったことはそちらかと伊子は渋面《じゅうめん》を作る。

そのあと嵩那は「左大将は、どちらからも援助をいただいたと言っていました」と付け足したが、そこは話の主筋に関係ない。肝心《かんじん》なのは右大臣《うだいじん》対新大納言という、宮中での対立構造が目に見えてあきらかになってしまったことなのだ。

源中納言、藤参議、摂津守、備前守、この四人に左近衛大将を加えた五人が今回の舞姫献上者である。そのうち四人が、右大臣と新大納言という二つの勢力にきれいに分かれてしまったのである。

現状の宮中での権力構造は、伊子の父、左大臣《さだいじん》藤原顕充《あきみつ》が一の人として別格の存在にあった。顕充は外祖父《がいそふ》という地位がないまま、今上から全幅の信頼を寄せられている。娘を入内《じゅだい》させ、彼女が産んだ皇子を帝《みかど》に即位させ外祖父として権勢を振るう。宮中にて長年踏襲《とうしゅう》されてきたこの権力の構図を顕充は打ち破ったのだ。

今上の外祖父である先の内大臣、すなわち左近衛大将の父親が孫の即位を見ないまま亡くなったという事情もあるが、なにより顕充の滅私奉公《めっしほうこう》が評価されたというのが最大の理由だろう。なにしろ一度失脚を味わっている身だから、自分を取り立ててくれた今上に対する恩義は並々ならぬものがある。

その顕充の下で右大臣と新大納言が争っているのは、次の世代の権力、すなわちどちらが次の東宮《とうぐう》、最終的には帝の後見となるのかである。

宮中を二分するこの争いにかんしては、とうぜん前から予兆はあった。

それが表面化したきっかけは、右大臣の娘、藤壺女御《ふじつぼのにょうご》こと桐子《ひさこ》の懐妊《かいにん》である。

実は新大納言は自分の娘の入内をずっと望んでいたのだが、ことごとく右大臣に邪魔をされつづけていたのだ。水無月《みなづき》に行われた右大臣の姪《めい》・祇子《まさこ》の御匣殿《みくしげどの》（上臈《じょうろう》の一種。主に裁縫《さいほう》のことを司《つかさど》る）としての出仕もその一環である。

とはいっても新大納言の娘はまだ十二歳にしかならないから、右大臣の反対も単純に妨《ぼう》害《がい》工作と非難することもできない。確かに物語の中や、実際の歴史上でもたまには児童婚の存在はある。現実に弘徽殿《こきでん》の王女御《おうのにょうご》は八歳の幼女である。

しかしこれは身寄りのない彼女の将来を慮《おもんぱか》っての措置《そち》で、あくまでも特例だ。なんのかんの言っても結婚の実情は、女が子を産むに適した年齢、最低でも十五、六歳になってからのほうが圧倒的に多かった。

そんな事情もあって新大納言も、娘の入内を強引に推し進めようとはしなかった。どのみちあと三年もすれば誰にも文句を言われることなく入内させられるし、なにより今上と桐子の不仲は宮中では有名だったから、無理を通してまで事を急《せ》くこともないと考えたのだろう。だからこそ桐子の懐妊は、新大納言にとってはまさに青天《せいてん》の霹靂《へきれき》であったにちがいない。

要は以前から燻《くすぶ》っていた二人の権力者の対立が、五節舞《ごせちまい》をきっかけにはっきりとした形で世間に現れてしまったのだ。

宮中に漂いはじめた不穏な空気に、いつしか伊子の表情も険しくなる。

「他の朝臣《ちょうしん》達は、どのように振舞っておいでなのですか？」

「藤参議と摂津守、つまり右大臣側についた者が多かったようです」

まあ、そうだろう。

腹の子の性別は分からぬが、たとえ今回が女児であっても、今後も若い桐子が懐妊する可能性はある。それは彼女が国母《こくも》、ひいては右大臣が天皇の外祖父となる可能性とほぼ比例している。単純な計算で、右大臣側についたほうが得だと考えたのだろう。

「それで新大納言側の二人の舞姫達が少々見劣りする結果になるかと危ぶまれ、左の大臣も追加での援助をお考えになられたそうです。そこに東山《ひがしやま》にお住まいの入道《にゅうどう》の女宮《おんなみや》が、新大納言側に支援を申し出たのですよ」

「入道の女宮様？」

その名に伊子は覚えがあった。入道宮、あるいは単《たん》に女宮とも呼ばれる。先々帝の同母妹、つまり嵩那の叔母《おば》にあたる内親王《ないしんのう》である。先々帝と先帝は異母兄弟であったから、今上の大伯母《おおおば》にもなる。内親王の慣例に沿って独身で過ごし、その名が示すとおりすでに出《しゅっ》家《け》しているが、一品位《いっぽんい》と准三宮《じゅんさんぐう》の位を授かっているので非常に裕福な方だと聞いている。

「そのおかげで、両者の援助につりあいが取れはしたのです。女宮に忖度《そんたく》して、新大納言側に援助を申し出る者もちらほら出てきましたのでね……」

ならば良いではないかと思うが、奥歯に物が挟まったような嵩那の物言いが気になった。

「入道の女宮様は、新大納言と親しくしておいでだったのですか？」

「そのような話は聞いたこともありません」

思いのほか厳しい否定に、伊子は少し驚く。嵩那の感情を探ろうと目を凝《こ》らしたが、御《み》簾《す》を隔《へだ》てているのでその表情を見ることは叶わなかったし、彼自身それ以上なにか言うことはなかった。あるいは嵩那も、なにが引っかかっているのか自分でも分からないのかもしれない。

なにか問うべきかと伊子は言葉を探したが、それを思いつく前に左大将が戻ってきたので、嵩那は彼と一緒に去っていってしまった。

中丑日《なかのうしび》の夜、舞姫参入の儀が行われた。

最初に到着したのは摂津守の献上する舞姫で、彼の実娘である。次いで参入したのは藤参議。次に備前守、源中納言の舞姫と続き、沙良は最後の舞姫として門をくぐった。朔平門《さくへいもん》（内裏《だいり》外郭の北門）にて、それぞれの介添え役から出迎えられた舞姫一行は、内《ない》郭《かく》の玄輝門《げんきもん》を経て、五節所とされる常寧殿《じょうねいでん》に入る。そこで装束《しょうぞく》を改め、帝の前で舞い合わせを披露する『帳台試《ちょうだいのこころみ》』を行うのである。

大勢の殿上人《てんじょうびと》達が見守る中、昼間のようにこうこうと明かりが灯る長い筵道《えんどう》を先頭で進むのは傅《かしず》きの女房達だ。揃《そろ》いの唐衣《からぎぬ》をつけた佳人が複数名続き、そのあとを汗衫《かざみ》姿のあどけない二人の童女《わらはめ》が付いてゆく。汗衫の色は摂津守が薄紅《うすべに》色。藤参議は黄と白。備前守は蘇芳《すおう》色。源中納言は萌黄《もえぎ》色。そして左近衛大将は淡朽葉《うすくちば》を基調に、それぞれに織《お》りやかさねに趣向を凝らしている。

童女達が通り過ぎると、いよいよ舞姫が姿を見せる。

もちろん彼女達は几帳《きちょう》で囲まれていたが、昼間のように眩《まばゆ》い明かりの下ではそれも無意味であった。几帳角取《すみとり》と呼ばれる大夫《たいふ》達が周りを囲むが、朽木形紋様を描いた練絹の薄い帷子《かたびら》は、中にいる者達の姿を幻想的に浮かび上がらせてしまっている。

常寧殿は南北にむかって走る馬道《めどう》（この場合は土間のようなもの）で東西に区切られており、舞姫一行はこの馬道を通って殿舎に入り、四隅に設《しつら》えられたそれぞれの控所に入るのである。

　馬道を挟んで西側の中央部分にあたる塗籠《ぬりごめ》には舞殿が設営され、向かいの東側には帝が舞を御覧になるための御帳台《みちょうだい》が置かれている。舞姫達の身支度《みじたく》が終わると帝が出御《しゅつぎょ》し、帳台試の運びとなる予定だ。

　伊子は御帳台の傍に自分の座を設え、すべての舞姫が参入するさまを見守っていた。

　衣擦《きぬず》れの音をさせながら筵道を進む舞姫一行の中で、年長の傅き達はさすがに落ちついているが、童女や舞姫達はまるで傀儡《くぐつ》のように動きが固い。朔平門からこの常寧殿に至るまで、数多くの殿上人や女房達の好奇の視線にさらされてきたのだからあたりまえだ。

　気の毒だと思うそのいっぽうで伊子は、ここで堂々と晴れ姿をひけらかすぐらいに度胸のある娘だと、女房としては見込みがあるのにと面白半分に考えてもいた。

（多少鼻持ちならなくても、少し図々《ずうずう》しいぐらいの娘のほうが扱いやすいものね）

　八ケ月間、数多くの女房、女官《にょかん》達を束ねてきた経験上の結論である。

　四組の舞姫達がそれぞれの設営所に入り、最後に左近衛大将の一行が馬道を進んできた。

　傅きと童女達が行き過ぎたあと、尚鳴に手を引かれた沙良が馬道に現れた。

　観覧者達の間に、感嘆《かんたん》の声が広がる。

　帷子越しに映し出され、慎《つつ》ましく扇で顔をおおう沙良は白と藤色を基調にした唐衣裳《からぎぬも》装束。その彼女を手引きする尚鳴は、五位を表す緋色《ひいろ》の束帯《そくたい》姿である。

うら若き乙女《おとめ》と公達《きんだち》の姿は、玲瓏《れいろう》にて清楚《せいそ》。可憐《かれん》ながらも凛《りん》とし、冴え冴えと輝くその姿は、あたかも天が定めたかのような完璧《かんぺき》な一対《つい》だった。

「なんと、これは清らかな……」

「まるで若き日の嫦娥《じょうが》と后羿《こうけい》（中国伝説上の月の女神とその夫）のようでございますな」

ある殿上人のため息交じりの感想に、周りの者達も口々に賛同する。

この国の月神は男だが、目の前の二人の姿を表すには唐土《もろこし》の伝説がふさわしい。

しずしずと馬道を進んだ二人は、そのまま階《きざはし》を上がりはじめた。

だが裾《すそ》を踏みでもしたのか、沙良の身体《からだ》が大きく揺らいだ。はずみで彼女が手にしていた扇が宙を舞い、周りの者達は悲鳴を上げかけた。豪華な衣装に包まれた肢体《したい》が床に打ちつけられる――誰もがそう思った瞬間、尚鳴がとっさにその腕に沙良を受け止めた。

人々の悲鳴は呑《の》みこまれ、代わりに安堵《あんど》の息が広がる。伊子も胸を撫《な》で下ろした。あの勢いではけっこう派手に転びそうな印象だった。

尚鳴は表情を固くして沙良を抱きとめている。なぜ彼の表情まで明確に分かったのかと言うと、目隠しのための几帳が完全にずれてしまっていたからだ。とつぜんのことに、角取役も驚いて役目を忘れてしまったのだろう。

しかしほっとしたのもつかの間、やがて違和感が生じはじめる。

尚鳴が沙良を抱きしめたまま、身動きひとつしようとしなかったからだ。

（え？　ど、どうしちゃったの？）

首を傾《かし》げる者、ひそひそとささやきあう者、なにを考えたのか、にやにやと薄ら笑いを浮かべている殿上人もいる。

「い、いかがなされたのでしょう、蛍草《ほたるぐさ》の君《きみ》は？」

傍《かたわ》らに控えていた千草が焦ったように尋ねるが、そんなことは伊子が訊きたかった。

特に彼の場合、母親以外の女人《にょにん》に興味を持ってくれたのは喜ぶべきことだが、時と場合というものがある。

（ちょ、こんなひと目があるところで、なにをやっているのよ!?）

他人の子ながら伊子は猛烈に焦った。勾当内侍《こうとうのないし》がこの場にいなかったのは幸いだったのだろうか？　彼女は参入の経路である宣耀殿《せんようでん》で、この儀式を観ていたはずだ。

そして次の展開で、伊子はさらにその思いを強くすることとなった。

沙良が尚鳴を突き飛ばしたのだ。

文字通り、尚鳴は吹っ飛んだ。瞬時のことだが、まちがいなく彼の身体は空中に弧を描いていた。見かけ通り尚鳴が華奢《きゃしゃ》だからなのか、見かけによらず沙良が強力だからなのかは分からない。

どさっと音がして、尚鳴は床に尻餅《しりもち》をついた。幸いだったのが、すでに階の最上段まで上がっていたので、そこが平らな板敷きだったことだろう。固いのは同じことだが、角のある階段よりは衝撃も少ないはずだ。

尻をついたまま呆然《ぼうぜん》とする尚鳴の前で、沙良は絹を引き裂くように叫んだ。

「この、ど変態！」

そのまま脱兎《だつと》の勢いで、先にいる童女も傅きも追い越して駆けて行ってしまった。重たい唐衣裳装束などなんのそのである。

あ然とする観衆の中、馬道の上には嵩那が贈ったという見事な意匠《いしよう》の扇が、まるで水に浮かぶ銀杏《いちよう》の葉のように広がっていた。

「舞姫が倒れた!?」

女房から報告を聞いた勾当内侍は、彼女には珍しく声を張りあげた。

帳台試を待つ間、いったん清涼殿《せいりようでん》に戻って帝の出御に備えていた伊子達のもとに、女房がその旨《むね》を告げに来たのだ。

「はい。摂津守《せつつのかみ》と左大将様の舞姫のお二方が……」

「摂津守の舞姫は最年少の十一歳。しかも一番早い参入で待ち時間も長くありましたからしかたありませぬ。されど沙良姫が倒れたのは、まちがいなくあの愚息《ぐそく》のせいです！」

日頃のしとやかさなど、どこにやら。拳《こぶし》を震わせて怒りを露にする勾当内侍を、伊子はなだめにかかる。

「で、でも蛍草の君は、沙良姫が転びそうになったところを助けてあげた──」

「だからといって、皆が奇異に思うほど長時間抱擁《ほうよう》する必要がどこにあるのです」

ぴしゃりと言い返されて、伊子は押し黙る。

まったく、誰がここまで事細かく勾当内侍に教えたのだろう。とかく息子に対しては甘い母親が多い中、毅然《きぜん》とした態度を取る姿は頼もしいが、特に勾当内侍は『獅子はわが子を千尋《せんじん》の谷に突き落とす』勢いである。

「思春期の男の子なんて、そんなものですよ」

あっけらかんと言ってのけたのは、こちらは十四歳の息子を持つ千草だった。

「とっさに抱きとめて、あれ、女の子ってこんなにいい匂《にお》いなのとか、こんなに柔らかいんだとかに気付いたのかもしれませんよ。可愛《かわい》らしいものじゃないですか」

「だからといって公衆の面前で、うら若き乙女を抱きしめてよい理由にはなりませぬ。お気の毒に、どんなに恐かったことか……」

「大丈夫ですよ。そりゃあ脂《あぶら》ぎった中年男にあんなことをされたら鳥肌ものですけど、蛍草の君のような絶世の美少年なら、のちのち良き思い出になりますよ」

能天気に千草は言う。そりゃあ浮世の汚れにどっぷり浸かった三十女ならそんな擦れたことも思うだろうが、十四の少女は多分ちがう。内心で伊子は突っこんだが、子のない自分が知ったふうに口を挟むのも憚《はばか》られて黙っていた。

とつぜん襖障子《ふすましょうじ》のむこうから、笑い声が聞こえてきた。

隣室は帝《みかど》が日常を過ごす『朝餉《あさがれい》の間』である。伊子達が目を見合わせると、音をたてて襖障子が開いた。

「蛍草は、ずいぶんと派手にやらかしたようだね」

脇息《きょうそく》にもたれた帝が、身体を捻《ひね》って台盤所《こちら》をのぞいていた。

敷居の際に座った蔵人頭《くろうどのとう》が、襖障子に手をかけて肩を震わせて笑っている。

先ほどまでの会話が帝に丸聞こえであったことを知り、言いたい放題だった千草もさすがにかしこまる。

「お耳汚しをいたしまして、申しわけございませぬ」

代表して伊子は頭を下げた。実際のところこのやりとりにかんして、伊子はほとんど口を開いていないのだが──。

　よい、よいと帝は鷹揚《おうよう》に答えた。

「勾当内侍も、あまり怒らないでやってくれ。蛍草も反省しているとみえて、文殿《ふどの》（校書殿《きょうしょでん》・蔵人の詰所があった）から出てこないというのだよ」

「まことでございますよ。誰も入るなと下位の者達を追い出して、あれはよほど気恥ずかしいものと思います」

　あらためて蔵人頭も強調する。彼は蔵人所の長官で、尚鳴の直属の上官になる。帝からなだめられたものの、勾当内侍はうかない顔で答える。

「ですがいまは息子よりも、沙良姫のほうが──」

「ならば私が様子を見てまいりますわ」

　唐突《とうとつ》な伊子の申し出に、帝と勾当内侍はきょとんとする。その彼らと蔵人頭を加えた三人に、伊子は順繰りに視線を動かした。

「倒れた二人の舞姫達に、気にせずにゆっくり休むように伝えてまいります。五節舞《ごせちまい》を舞う機会は、明日と節会本番とまだありますから」

　あるいは自分が出るほどのことではないのかもしれないが、勾当内侍に行かせても、この恐縮具合ではかえって沙良を萎縮《いしゅく》させかねない。それなら自分が対応したほうが無難である。

「まさしく」

帝は言った。

「尚侍《かん》の君《きみ》の申すとおりだ。今日と明日の御前試《ごぜんのこころみ》は試演ゆえ、さように気に病《や》むこともない。本番はあくまでも午日《うまのひ》の豊明節会《とよあかりのせちえ》。ここで無理をして節会に支障が出ては、まさに本末転倒というもの」

十六歳の少年帝の思いやりが、そのまま表れた言葉であった。

通年の新嘗祭《にいなめさい》ならともかく、一世一代の大嘗祭《おおなめさい》である。台無しにされたと憤慨《ふんがい》してもおかしくないのに、不満を漏《も》らすどころか倒れた舞姫達を思いやっている。

本当に非の打ち所のない人柄だと尊崇《そんすう》の念を強くするいっぽうで、近頃の伊子は微《かす》かな不安を覚えてもいた。

帝の、年齢にそぐわぬ聡明さと篤実《とくじつ》さに。

いかに幼い時分から天子としての教育を受けていたとしても、本質はまだ十六歳の少年だ。どこかで無理をしているのではないか？　あるいは帝が自身でも気づかぬうちに無理がたたってはいないのかと、懸念《けねん》を抱くようになってもいたのだ。

だからこそ尚侍《ないしのかみ》たる自分がしっかり支えたいと思いながら、帝の意向に副《そ》うことができない自分の矛盾《むじゅん》には腹立ちを覚える。

「では尚侍の君は舞姫達の様子を見てまいるがよい。それと勾当内侍。そなたは文殿に蛍草を迎えに行くがよい。私の勅旨《ちょくし》より、きっと功を奏すはずだ」

からかうような帝の言葉に、伊子は物思いから立ち返る。

そうだ。舞姫達の様子を見に行くと、自分から申しでたところであった。

「かしこまりました」

一礼して伊子が立ち上がると、とうぜんのように千草も腰を浮かす。その二人に勾当内侍が申しわけなさそうな視線をむけた。


伊子が訪ねたとき、摂津守の舞姫は床《とこ》の中で泣きじゃくっていた。それを乳母《めのと》が必死で慰《なぐさ》めていたのだが、伊子が良くあることだから気にすることはないと言うと少し元気になった。

次いで沙良のところに向かうと、簀子《すのこ》に濃き紅梅をかさねた打出《うちいで》（装束の袖口《そでぐち》を御簾《みす》の下から覗《のぞ》かせる晴れの日の演出）が広がっていた。常寧殿《じょうねいでん》におけるこの設えは、五節所が設営されたことを意味していた。

千草が伊子の訪問を告げると、御簾内で女房が驚きの声をあげた。

「ちょ、尚侍様ですって」

「どうするの、どこにお通ししたらいいの？」

がさがさとした衣擦《きぬず》れの音や、あきらかに聞こえるささやき声から、女房達の混乱が伝わってくる。どうやら全員が宮中の作法《さほう》に慣れていないようだ。

伊子は千草に言って、沙良の女房達を差配させた。それで伊子は、ようやく御簾の内側に入ることができたのだった。

几帳《きちょう》や衝立《ついたて》で細かく仕切られた室内は、雑然としてどこか慌《あわただ》しかった。昨日の今日の設営で、御所に不慣れな者ばかりが大人数で滞在しているのだからそれもしかたがない。

伊子は檜扇《ひおうぎ》の上から、目に見える女人《にょにん》達を確認した。

艶《あで》やかな唐衣裳《からぎぬも》装束の傅《かしず》き女房は八人。汗衫《かざみ》姿の童女《わらはめ》は二人で規定通りである。彼女らの他に、髪に古風な釵子《さいし》をつけた下仕えの女房が四人控えている。他にも参入儀とは別に入ってきた雑仕女《ぞうしめ》や樋洗《ひすまし》等の端女がいるはずだが、この身分の者達はさすがに伊子の目に触れるような場所には出てきていなかった。

応対に上がったのは、沙良の乳母だという四十歳ぐらいの女である。教習で参内《さんだい》したおりも付き添っていたので見覚えがあった。

「このたびは当家の姫様が大変な粗相《そそう》を致しまして、申しわけございませぬ」

乳母は恐縮しきりだが、それが倒れたことに対してなのか、それとも尚鳴を突き飛ばしたことに対してなのかは分からなかった。

「心配することはありません。蛍草殿の父君・左大将は大らかな御人柄。母君の勾当内侍《こうとうのないし》も、御子息の無体《むたい》のほうばかりを気にしておられましたから、あなた達が咎《とが》められることはないはずです」

実際のところ伊子としても、尚鳴を突き飛ばすまでは構わなかったのだ。美しい女達を狙って不貞《ふてい》の輩《やから》がはびこる五節所では、それぐらい気丈な娘のほうが頼もしい。

だからこそそこまで強気なら、帳台試《ちょうだいのこころみ》にも参加できるぐらいの強心臓ならもっと良かったのにと思ったのだが、さすがにそこまでは気丈を貫けなかったらしい。ただでさえ緊張を強《し》いられる舞姫役で、直前にあんな騒動が起きたのだからそれでとうぜんなのだが、期待値が高かっただけに失望は否《いな》めなかった。

とはいえ、それはあくまでもこちらの勝手な思いこみである。

「それで、沙良姫はどこに？」

伊子は首を傾《かし》げた。入ってきたときに周囲を一瞥《いちべつ》したが、沙良と思《おぼ》しき娘の姿は見つからなかった。

そのとき、少し離れた場所に置かれた几帳のむこうで物音がした。大殿油《おおとのあぶら》の明かりに照らされた帷子《かたびら》に沙良の姿が映し出される。端から畳《たたみ》と衣が覗いているので、どうやらそこに彼女の座が設《しつら》えられているようだ。あるいは寝込んでいたところを起き上がったのかもしれない。

「さ、先ほどは、申しわけございませんでした」

声はかすれていて、辛《かろ》うじて聞き取れる程度のものだった。帷子《かたびら》越しに見える姿は、産まれたばかりの雛《ひな》のように震えている。伊子ははっきりと失望した。気丈な娘だと思って期待したが、あれもどうやら空元気《からげんき》であったようだ。

内心でため息をつきつつ、それを気づかせないようできるだけ優しい声を取り繕《つくろ》う。

「今宵《こよい》はゆっくり休むようにとの帝の仰《おお》せです。本番は午日の豊明節会。本日と明日の御前試はあくまでも予行練習ですから、さほど気に病むことはありませぬ」

この伊子の言葉に、乳母が恐縮した。

「お、主上《おかみ》がそのような……」

「帝は慈悲《じひ》深く、お心の広い御方です。過ぎたことを悔《く》やむよりも、今後しっかりとお仕えすることを考えなさい」

深々と頭を下げる乳母に比し、沙良は特に反応を示さなかった。あるいはうなずきぐらいはしていても、帷子を隔《へだ》てているので気がつかなかったのかもしれない。いずれにしろ当事者だというのにろくに物も言えないでいる。

（だめね。すっかり脅《おび》えている）

失望がさらに強くなる。ひょっとしてその思いが表情に出ていたのかもしれない。千草から「姫様、そろそろ」と小声で退出を促された。

（いけない、いけない）

伊子は己の思いこみを戒《いまし》めた。たかだか十四歳の娘に一方的に過剰《かじょう》な期待をし、それが叶わなかったからといって失望するなどあまりにも酷《こく》ではないか。

「では、私はこれで……」

「お、お待ちください！」

腰を浮かそうとした伊子に、沙良が声をあげた。緊張からなのか金切《かなき》り声《ごえ》に近い歪《いびつ》な響きであった。先ほどの消え入るような声もそうだったが、初対面のときに聞いたはきはきした声音《こわね》とは別人のようだ。

「なんですか？」

伊子の問いに、沙良は萎縮でもしたようにしばし押し黙った。そんなつもりはなかったのだが、きつい言い方になっていたのだろうか？　自分の物言いを思い返す伊子に、沙良はようやく口を開いた。

「その、蛍草《ほたるぐさ》の君《きみ》は……」

「あれはむこうが悪いのですから、気にせずともよいです」

左近衛大将の意向は分からないが、少なくとも勾当内侍はそう言っている。わが子のけしからぬ行為を握りつぶす馬鹿親も多い中、天晴《あっぱれ》な心構えである。

「で、ですが……」

「大丈夫ですよ。蛍草殿は怪我《けが》もなされておりませぬ」

なおも心配そうな沙良にそう告げると、伊子は千草とともにその場を後にした。

「ちょっと期待外れでしたね」

遠慮《えんりょ》のない千草の一言に、伊子は顔をしかめる。もっとも渡殿《わたどの》での発言なので、沙良達に聞こえる心配はないだろう。言いたい放題の乳姉妹《ちきょうだい》も、それぐらいの心遣いは持っている。

「あんなものでしょう、十三、四の娘なんて」

「普通ならそうですけど、はじめの印象が良すぎましたからねー」

どこまでもあけすけな千草の発言は、聞いていて本当に気持ちがいい。立場上口にできない伊子の本音、あるいは少なからずあるもやもやをずばりと言葉にしてくれる。時々肝《きも》が冷えるときもあるけれど。

「いいから早く戻りましょう。主上の御出御《ごしゅつぎょ》をお世話しなければ――」

そのとき遠くで物音がして、伊子はその方向に目をむけた。遠巻きに見える常寧殿の馬《め》道《どう》から小袖《こそで》姿の端女《はしため》が出てきたところだった。あそこからなら間違いなく五節所の端女だが、もし沙良のところの者だとしたら聞かれたらまずかった。

やはり公《おおやけ》の場では、人の噂話《うわさばなし》などするものではない。いまさらながら、あらためて自分を戒める。端女は伊子達とは逆の方向に遠ざかり、そのまま暗闇の中に消えていった。

ほっと一息ついたあと「姉上」と呼びかけられた。

高欄《こうらん》沿いに、弟の実顕《さねあきら》が歩いてきていた。一人ではなく同じ年代の公達《きんだち》を伴《ともな》っており、その中に嵩那もいた。人付きの良い者同士もともと仲は悪くなかったが、例の『玉響物語《たまゆらものがたり》』の件以降はさらに親しさを増したようだ。

ざくざくと玉砂利《たまじゃり》の音をたてながら、実顕は伊子の真下までやってきた。他の公達達は遠慮をして、いくらかの距離を取った場所にいる。しごくとうぜんのことだが、これまで屈託なく近づいてきていた嵩那がその中にいることがなんとも気まずい。

実顕は邪気のない、明るい表情で尋ねる。

「尚侍《ないしのかみ》ともあろう御方が、かようなところでいかがなさいましたか？　そろそろ主上が御出御なさるのでは？」

「もちろん存じております。ですがその前に、倒れた舞姫達の見舞いに行ってきたのです」

倒れた舞姫というところで、後ろにいた公達達がぶっと噴き出した。

「それにしても蛍草の君は、よほどその舞姫に魅《み》せられたのでしょうな」

顎《あご》に手をやりながらにやにやする右衛門督《うえもんのかみ》は、二十六歳の青年である。どうやら尚鳴の挙動と沙良の乱暴は、すでに知れ渡っているようだ。

「だとしたら大失態ですよ。焦る気持ちは分かりますが、ここは順良くまずは文《ふみ》で、女子の気を惹《ひ》くのが筋というものでしょう」

物慣れた言い方をしたのは、二十四歳の治部少輔《じぶしょう》である。すると二十八歳の右中弁《うちゅうべん》が訳知り顔で語る。

「いや、いや。それこそ若さというものでしょう。われわれ程の歳《とし》になりますと、酒の勢いでもなければ、なかなかさような思いきった行動には出られませぬ」

それは笑い事ではないと、内心で伊子はいらだった。

淵酔《えんすい》に酔った勢いで狼藉《ろうぜき》を働く者は多いと聞いているが、この調子だと彼らは悪いことだと考えていない気もする。酔ってのことだからしかたがないとでも思っているのか、あるいは五節所にいる女達が、総じて自分達より身分の低い者達だからというのもあるかもしれない。

ちらりと見ると、実顕は少し困った顔をしている。

良かった、うちの弟はまともだった。ここで真っ向から否定するほどの気概《きがい》はないようだが、ひとまず伊子は安心した。

「それはなりませぬぞ、弁殿」

やんわりとたしなめたのは嵩那だった。

「舞姫を出している手前もあり、左大将は今年の五節所の警護をいっそう厳しくすると仰せでした。酔いの勢いでふらふらと侵入して、衆目《しゅうもく》の中で衛士《えじ》達に取り押さえられでもしたら飛んだ恥をかくことになりますよ」

冗談めかしてはいるが、現実味のある注意だった。しかも二十九歳の嵩那は、最年長であることに加え、二品親王《にほんしんのう》というこの中では圧倒的に高い地位にあった。

はたして右中弁は、少し気まずげな表情でこめかみを掻《か》いた。釘は刺したが、場を悪くするほど厳しい物言いでもない。いつもながら、嵩那はこういう空気を作るのが非常にうまい。

「宮様。よくぞ言ってくださいましたね」

耳元でささやく千草に、伊子は曖昧《あいまい》にうなずいた。

本心では快哉《かいさい》を叫びたかったが、色々な思いがからみあって、素直に嵩那を見ることができない。

逃げるような気持ちで、伊子は高欄《こうらん》下の実顕に話しかける。

「それであなた達も、帳台試《ちょうだいのこころみ》に行くところですか？」

「ええ。三人での舞にはなりますが、それはそれでまた一興。舞姫達一人一人をじっくりと鑑賞できるというものです」

楽しげに語る実顕の後ろから右衛門督が口を挟む。

「皆、美しいと評判になっておりますが、特に源中納言《げんのちゅうなごん》の舞姫が七仙女すら引け目を感じるほどの美貌《びぼう》だとか」

「私は備前守《びぜんのかみ》の娘こそ、もっとも美しいと聞いたぞ。なんでも衣通姫《そとおりひめ》を思わせるほどの美貌であったと評判だ」

右中弁の言葉に、伊子は首を傾《かし》げた。参入儀はわずか数刻前だったのに、どこでそんなに話が大きくなったのだろう。沙良も含めた五人の舞姫はそれぞれに愛らしかったが、一人だけ飛び抜けて美しかったことはない。まして七仙女とか衣通姫などと、いくらなんでも言いすぎだ。

いずれにしろ過剰《かじょう》な期待をかけられた舞姫達は荷が重いことだろう。誤解から生じた一方的な願望など意に介することはないが、願わくば変な期待と評価が本人達の耳に入らないようにと願うばかりだ。

「姫様、そろそろ」

千草の声かけに、伊子ははっとする。思った以上に長話になってしまった。台盤所《だいばんどころ》では女房達がやきもきしているかもしれない。

「では私は、清涼殿《せいりょうでん》に戻ります」

「そうなさいませ。きっと主上が首を長くしてお待ちでございましょうから」

立ち上がった伊子に、無邪気に実顕は言った。

主上が首を長くしてお待ち——流れとして自然な一言なのに、嵩那が聞いているというだけで不思議なほど罪悪感に心が疼《うず》く。

伊子は檜扇《ひおうぎ》の内側で、きゅっと唇を結ぶ。そうやって気持ちを落ちつけてから、あらためて簀子《すのこ》を進みはじめたときだ。

「大君《おおいきみ》」

その声は、耳孔《じこう》を介さず頭の中に直接語りかけるように響いた。

この中で伊子をそう呼ぶ人間は、嵩那一人である。だが最後尾にいた嵩那は、簀子のほうなど一瞥《いちべつ》もせずに先を行く公達《きんだち》達を追っている。

（聞き違い？）

あるいはなんらかの思いこみが、そんな幻聴を引き起こしでもしたのか。

伊子がそう考えたとき、ふたたび同じような声が響いた。


「惑うては、おられませぬか？」


伊子ははっとして嵩那の姿を目で追う。

しかし友人達を追う彼の背は、伊子のほうを振り向きもしないままだった。


翌日の中寅日《なかのとらのひ》。

この日の夜は御前試《ごぜんのこころみ》が、清涼殿で行われる。常寧殿《じょうねいでん》から移動した舞姫達が、東廂《ひがしひさし》にてふたたび舞の試演を、帝《みかど》に披露するのである。

このだいぶ前から南廂（殿上の間《てんじょうま》）では殿上人達《てんじょうびと》の淵酔が催《もよお》されていた。蔵人所《くろうどどころ》主催のこの宴《うたげ》がはじまると、殿上人達は次々と南廂に入って杯《さかずき》を酌《く》み交わす。

やがて聞こえてきた朗詠《ろうえい》の音を壁越しに聞きながら、伊子は御前試の準備に立ち動いていた。

女房達が整えた御座所《おましどころ》の設《しつら》えの確認を行ったあと、伊子は勾当内侍《こうとうのないし》に尋ねた。

「今宵《こよい》は舞姫全員が参加できるそうね」

「はい。まことにほっと致しました」

勾当内侍は胸を撫《な》で下ろしている。沙良が倒れた原因が、完全に自分の息子だと思っているのだから安心したのだろう。

「それで、蛍草殿《ほたるぐさ》はいまどこに？」

「殿上の間です。淵酔に参加しておりますわ。あれでも一応蔵人ですから」

苦笑交じりに答えると、勾当内侍は南廂のほうに目をむけた。

酒が進んできたのか、賑《にぎ》やかな笑い声や歓声が聞こえてくる。宴の盛り上がりを感じながら、伊子はあまり荒れないようにと祈った。帝の御前に乱入するような不届き者はさすがにいないだろうが、問題は今宵の夜更けである。

淵酔がお開きになると、公達達は肩脱ぎをした艶《なまめ》かしい姿で後宮の庭を練《ね》り歩き、女房達に自らの舞いや歌等の芸能を披露する流れになっている。女房達は麗《うるわ》しい殿方《とのがた》達の姿を目の保養とばかりに眺め、おおいに盛り上がる余興なのだが、悪酔いした者等が粋《いき》がって騒動を起こさないともかぎらない。

亥《い》の刻を少し回ってから、伊子は帝を呼ぶため『朝餉《あさがれい》の間』に回った。

「主上《おかみ》、御出御《ごしゅつぎょ》の刻限にござい……蛍草殿？」

言い終わらないうちに、伊子は目を見張った。

殿上の間にいると聞いていた尚鳴が、帝の傍に控えていた。

五位蔵人の緋色《ひいろ》の位袍《いほう》が、十五歳のしなやかな身体《からだ》によく似合う。かたや十六歳の帝が召すのは、禁色《きんじき》たる麴塵《きくじん》の袍である。昼の光の下ではくすんだ萌黄《もえぎ》に見える染めが、灯火に照らされて赤茶色にと変わる。

年若い者として二人ともまだ華奢《きやしや》だが、上背《うわぜい》は帝のほうが少しばかり高いだろうか。従兄弟《いとこ》同士の高貴な美少年が二人。

帝に対して畏《おそ》れおおいことを承知で思えば、眩《まぶ》しいほどの次世代の花二人である。しばし見惚《みほ》れてしまった伊子だったが、気を取り直して問う。

「いかがなされたのですか？　蛍草殿は淵酔に参加しておられるものとばかり……」

伊子はちらりと南廂のほうを見やった。本来であれば淵酔は御前試のときにはすでに終了しているものだが、今宵は長引いている気配がある。少し前までのどんちゃん騒ぎはさすがにないが、時々笑い声のようなものが聞こえてくる。

伊子の問いに、帝はにやにやしながら尚鳴のほうを見た。

「ああ、実は蛍草が御前試を見たいと望んだのでね。ならば私と一緒に見ればよいと誘ったのだよ」

「畏れ多きことでございますが、お言葉に甘えさせていただきました」

気恥ずかしげに尚鳴は答えた。

御前試、つまり舞姫達を見たいということか。

どうやら尚鳴の沙良に対する興味は、ひとかたならぬものがあるようだ。普通はあんな体裁《ていさい》の悪いことをしてしまったら、恥ずかしくて相手の顔も見られないだろう。しかも淵酔の席にいれば、沙良とは顔をあわせずに済むというのに。

（それを敢《あ》えて、自分から足を運ぶって……）

それだけではない。尚鳴が沙良の前に姿を見せれば、嫌でも周りは昨日の参入儀のことを思いだすだろうに、それすら厭《いと》わないとみえる。

ほとんど病的だったあの母大好き少年が、いったいなにがきっかけで、これほど情熱的な恋に落ちたものなのか。あるいは千草が言うように、たった一度の抱擁《ほうよう》でたちまち虜《とりこ》になってしまったのだろうか。だとしたらあんまり思いこみが強すぎる気もするが、尚鳴らしいと言えばそうなのかもしれない。

「さようでございましたか。ならば蛍草殿も一緒に参りましょう」

もろもろ疑問や不安はあったが、口に出すわけにもいかず伊子は無難な言葉で誘いをかけた。尚鳴はひとつうなずくと、無言のまま立ち上がった。


御前試における試舞の舞台は、清涼殿の孫廂《まごびさし》である。

帝は御簾《みす》を下ろし、昼御座《ひるのおまし》から舞姫達の舞を御覧になる。

帝が着座したあと、伊子はその後ろに控えた。帝の傍《かたわ》らには八歳の妃、弘徽殿《こきでん》を賜《たまわ》る王《おうの》女御《にょうご》こと茈子女王《さいこにょおう》が座している。桐子が退出中のいま、宮中に残る唯一の妃である彼女がまとうのは重袙《かさねあこめ》で、彩りは丹色《にいろ》に朽葉匂《くちばにおひ》（上から下に順に薄くなってゆく配色）だ。

御簾のむこうでは嵩那をはじめとした皇親達に、父・顕充を筆頭に、右大臣《うだいじん》や大納言の月卿《げっけい》（上達部《かんだちめ》）達が談笑しつつ酒を酌み交わしている。舞姫献上者達はとうぜん全員参列していたが、淵酔の影響なのか若い公達《きんだち》の中には姿を見せない者がちらほらいた。

孫廂には五つの円座《わろうだ》が置かれ、それぞれの傍で大殿油がこうこうと灯っている。舞姫達の席だ。慣習とはいえあんなに明るい火の下に年端もいかない少女達を座らせるなど、さらし者のようであはれであると伊子は思った。

舞姫の参入を待つ間、孫廂にいた尚鳴が御簾際に近づいて女房の一人に耳打ちをしていた。何事かと思って眺めていると、件《くだん》の女房がくるりとこちらをむく。

「主上。蛍草蔵人様が、舞曲に笛で参加をしたいと仰《おお》せでございます」

思いがけない申し出に帝は目を円くし、女房達は歓声をあげる。十五歳という若さで当代きっての笛の名手と謳《うた》われる尚鳴の演奏を耳にできるのなら、彼女達にとってまさしく僥倖《ぎょうこう》にちがいない。

「いや。そなたが奏しては、大歌所《おほうたどころ》の立場がなくなる」

苦笑交じりに、やんわりと帝は退けた。

大歌所とは大歌、すなわち神楽《かぐら》や催楽馬《さいらば》等の日本古来の教習を行う役所である。この点で大陸系の雅楽《ががく》を担当する楽所とは性質を異にする。

女房達は露骨に失望したが、帝の判断は正しかった。いまでこそ従五位の殿上人とはいえ、少し前まで楽所の伶人《れいじん》だった尚鳴にそんな真似《まね》をされては大歌所としては穏やかならぬものがあるだろう。かえって失敗でもしてくれれば良いが、天下無敵の奏者とまで言われる尚鳴が門外の大歌をそつなく奏する可能性は非常に高い。そうなったら大歌所の面目は丸潰れである。

つまり十六歳の少年帝は、官人とはいえ事実上無位にあるような大歌所の者達のことまで気遣ってやっているのだ。

帝の意図を察したとみえ、尚鳴は御簾のむこうでかしこまった。

「これは、出過ぎたことを申しました」

もちろん尚鳴にそんなつもりはなく、むしろ淵酔《えんすい》のほうに向きがちな人々の注目を御前試にむけようとしての申し出だったのだろう。近年では華やかな公達達の芸能に目を惹《ひ》かれ、男女を問わず御前試を欠席する者達が増えていた。

「すまぬな。せっかくそなたが興を助けるつもりで申し出てくれたというのに。その代わり四日後の節会のときには是非《ぜひ》とも所望《しょもう》したい」

「はい、必ずや」

帝のとりなしに、尚鳴は張りのある声で答えた。

ほどなくして舞姫達が、参入儀と同じ順番で孫廂に昇ってきた。

それぞれに二人の童女《わらはめ》と一人の理髪師、下仕えを伴った舞姫達の姿は、髪を結い上げた揃《そろ》いの物具装束《しょうぞく》である。

唐衣裳《からぎぬも》を上回る、女子の最礼装。

青匂《あおのにおい》の五《いつ》つ衣《ぎぬ》と萌黄の唐衣をあわせた装束に、黄色の村濃《むらご》（同色で濃淡をつけた染め）で染めた領巾《ひれ》と裙帯《くたい》をつける。結い上げた髪には宝冠が輝き、それは舞姫達が動くたびに灯火の明かりをうけて幽玄《ゆうげん》な光を放った。

観客達の間に、ほうっと感嘆《かんたん》の息が漏《も》れる。

複数の女人《にょにん》の美しさを表す言葉は、百花繚乱《ひゃっかりょうらん》、春蘭秋菊《しゅんらんしゅうぎく》等色々ある。しかし若く初々《ういうい》しい舞姫達にはそのように華やかさが際立つ言葉より、むしろ心が洗われる清らかさとでも言ったほうが的確だったのかもしれない。

「きれい」

ため息まじりに漏らしたのは茈子である。いとけない舞姫達も茈子から見れば、憧れのきれいなお姉さんなのかもしれない。

「ねえ主上、今年の舞姫はみなさんとてもきれいですね」

無邪気に語りかけてくる幼い妃に、帝は兄のように穏やかな口調で返す。

「まことに。だがあなたは昨年も同じことを申していたのではないか？」

「そうでしたか？　でも今年のほうがきっときれいですわ」

きっぱりと茈子は断言するが、この調子だと来年も同じことを言っている気がする。そうやって数年経ったあと、この幼い妃は舞姫達に勝るとも劣らぬ美姫《びき》にと成長していることだろう。

微笑《ほほえ》ましい二人のやりとりに、人々は微笑みを漏らす。

やがて大歌所の歌人が歌いだすと、あわせて五人の舞姫達は舞いはじめる。檜扇《ひおうぎ》をかざした動きにあわせて起こる衣擦《きぬず》れの音。ひるがえる袖《そで》が風を起こし、領巾が羽衣のように宙に舞い上がる。宝冠についた日蔭糸《ひかげいと》がふわりと揺れ動く。

乙女《おとめ》達の初々しさは、煌《きら》びやかな雅楽とは異なる大歌ののどやかな調べに溶けこんでゆく。この北都（平安京）よりも、むしろ古《いにしえ》の都・南都（この場合は奈良のこと）の万葉の風光を思わせる光景だった。

その昔。六歌仙《ろっかせん》の一人、僧正遍昭《そうじょうへんじょう》は、五節舞《ごせちまい》が終わるのを惜しんで歌を詠《よ》んだ。

――天つ風雲のかよひ路吹きとぢよ　をとめの姿しばしとどめむ
（大空を吹く風よ、雲の中にあって点に通ずるという路を、雲を吹きつけて隠しておくれ。天上界に帰ってしまう美しい天女の姿を、いましばらくの間、この人間界にとどめておきたいから）

そんな歌を詠んだ僧正の気持ちが分かる、美しくも叙情《じょじょう》的な光景だった。

やがて舞は終わり、五人の舞姫は帝の御前に色紙に包んだ櫛《くし》を置いてからしずしずと退場していった。かつては帝がお気に入りの舞姫の櫛を召し取って意志を示していたというが、現在は風習のみが残っている。

そのあとの宴席で、朝臣《ちょうしん》達はしきりに先程の舞の見事さを褒め称《たた》えた。

「どの舞姫達も素晴らしくはありましたが、特に藤参議《とうのさんぎ》と摂津守《せっつのかみ》の舞姫は見事な舞いぶりでございましたな」

「まことに。二人とも、ことのほか凜《りん》としておりましたな」

御簾越しに聞こえてくる朝臣達のやりとりに、伊子は顔をしかめた。

五人の舞姫達はそれぞれが立派に務めを果たしたのだから、そこに優劣をつけるべきではない。まして公卿《くぎょう》のように立場のある者がそれを口にするなど軽々しすぎる。そもそも客観的に見て、舞姫達は良くも悪くも均等だったというのに。

(まあ、右大臣へのおべんちゃらでしょうけど)

舞姫への支援をきっかけに、右大臣対新大納言という対立する勢力構図が明らかになったという話は嵩那から聞いている。藤参議と摂津守は右大臣側だから、彼女達を特定して褒めるというのなら、その意図は明確である。夢のような五節舞の世界から、とつぜん生々しい政《まつりごと》の世界に引き戻された伊子はすっかり興醒《きょうざ》めしてしまう。

しらっとなった空気の中、高らかでやけに張りのある声があがった。

「なるほど。特に摂津守の舞姫は、帳台試《ちょうだいのこころみ》での失策を取り返そうと必死でありましたでしょうな」

声の主は新大納言だった。伊子はもちろん彼の顔を知っていた。年のころは四十にはいま少しというぐらい。中年太りとは縁がなさそうな細身の身体《からだ》に切れ長の目が理知的な美男だが、同時に癇症《かんしょう》な面も持ち合わせていそうな面差《おもざ》しで、気の張る相手ではあった。

朝臣達の間に不穏な空気が立ちこめる。

新大納言側はしてやったりといったところだろうが、右大臣側、特に当事者である備前《びぜん》守《のかみ》は痛いところを衝《つ》かれたにちがいない。

とはいえ身分的なことを考えれば、備前守が新大納言に抗議することは憚《はばか》られる。こうなると頼りは右大臣だが、頭に血が上りやすい性質《たち》から怒りに震えるばかりでこれぞという反撃の言葉を言えないでいる。

「……まずいですね」

勾当内侍《こうとうのないし》のささやきに、伊子はこくりとうなずく。

この場合、筆頭たる顕充がなにか言って収めるのが筋なのだろうが、右大臣は目の上のたんこぶとして日頃から父を目の仇《かたき》にしている。下手《へた》なことを言っては火に油をそそぎかねない。

ちらりと帝《みかど》を見ると、あんのじょう眉間《みけん》にしわを刻んでいる。

その直後、豪快《ごうかい》な笑い声が辺りに響き渡った。

「まことに。摂津守の舞姫は今頃胸を撫《な》で下ろしているでしょうなあ」

声の主は、左近衛大将だった。

虚をつかれたようになる新大納言に、彼は明るく話しかけた。

「備前守の舞姫は立派に使命を成《な》し遂《と》げましたが、同じように帳台試を欠席した当家の舞姫はいかがでありましたでしょう？　お目が肥《こ》えているとかねてより評判の亜槐《あかい》（大納言の唐名《とうめい》）様の審美を、ぜひとも仰《あお》ぎたいものです」

どこまでも朗《ほが》らかな左近衛大将に、嫌味な新大納言も勢いを削《そ》がれたとみえ、とっさに言葉を失う。

「……い、いや申すまでもない。もちろん左大将殿の舞姫も劣らず、素晴らしい舞いぶりでございました」

「それはようございました。参入儀の騒動がありましたので、舞姫献上者としても父親としてもどうなることかと気をもんでいたのでございます」

左近衛大将の発言に、朝臣達はどっと笑った。おかげで場の空気は和《やわ》らいだが、左近衛大将の発言が緊張を緩和《かんわ》しようとしてのものなのか、あまり考えなしにただ感想を言っただけなのか、この人の場合そのどちらも考えられる。

いずれにしろ、もらい事故のような形で話題にされた尚鳴に伊子は同情した。彼にとって参入儀の次第は気恥ずかしい出来事で、好んで口にして欲しい話題ではなかっただろうに。

あんのじょう、誰かがからかうように言った。

「左大将のご子息殿はすっかりかの姫に魅了されたとみえ、試演の間も大将の舞姫ばかりを見ておられましたぞ」

そうだったのかと伊子は驚いた。尚鳴がこの席にいることは知っていたが、御簾《みす》を隔《へだ》てているので動向までは注意していなかった。

目を凝《こ》らしてみると、尚鳴は身を固くしてそっぽをむいている。対して朝臣達は微笑ましげに笑っていた。比較的年長の朝臣が多かったからか露骨に冷やかすような言葉はなかったけれど、思春期の尚鳴からすると居たたまれないだろう。

（これでまた蛍草《ほたるぐさ》殿が、左大将に反発を強めなきゃいいけど……）

ふと思いついて勾当内侍のほうをむくと、彼女は頭痛を堪《こら》えるようにこめかみのあたりを軽く押さえていた。

御前試《ごぜんのこころみ》が終わったあとの孫廂《まごびさし》には、淵酔に参加していた公達《きんだち》の幾人かが参上して舞や歌を披露した。宴《うたげ》はおおいに盛り上がり、一部の下戸《げこ》をのぞいて参加者達はみな酔っ払ってどんちゃん騒ぎに近い状況になってしまった。ちなみに八歳の茈子は五節舞が終わるとすぐに寝入ってしまっていたので、乳母《めのと》に抱えられてとっくに弘徽殿《こきでん》に戻っている。

しばらくして帝が夜御殿《よるのおとど》に下がると、眠気に負けた年配の朝臣達などがぽつぽつと席を離れていく。家に帰る者もいるだろうが、後宮に直盧《じきろ》を持っている者等はそこで一夜を過ごすかもしれない。飲み足りない者達等は、宿直所《とのいどころ》で気の合うもの同士で集まっているのだろう。

伊子も帝の退出に伴《ともな》い、承香殿《しょうきょうでん》の局《つぼね》に戻っていた。二十代のうちなら徹夜遊びもできただろうが、三十路《みそじ》を過ぎてからは無理が利《き》かなくなった。たとえ起きていられたとしても翌日のことを考えるとおのずと無理は控えてしまう。

夜もすっかり更けて、だらだらと続いていた宴が完全にお開きになると、公達達が芸能を披露しながら後宮を回り始める。

どこかからか聞こえてくる笛の音を、伊子は承香殿で聞いた。

「わあ、はじまりましたよ」

女房が興奮した声をあげる。この時間に承香殿《ここ》にいるのは後宮職員《こうきゅうしきいん》ではなく伊子付きの女房だから、大嘗祭《おおなめさい》で行われる儀式のすべてがはじめて見る光景になる。

心ときめかせる女房達のようすを、伊子は脇息《きょうそく》にもたれて眺めていた。唐衣《からぎぬ》裳《も》を解いたあとに羽織《はお》ったものは、白地小葵《こあおい》に虫襖《むしあお》の糸で唐花《からばな》を上紋様に織《お》り出した二陪織物《ふたえおりもの》の小袿《こうちぎ》である。

次第に近づいてくる笛の音に、女房達はそわそわしだす。どうやら一番にやってくるのが、この承香殿らしい。おそらくだが次いで茈子がいる弘徽殿。そのあとは御匣殿《みくしげどの》・祇子がいる登花殿《とうかでん》に進み、最後に五節所がある常寧殿《じょうねいでん》にと回るのだろう。ただでさえ少ない今《きん》上《じょう》の妃のうち一人が退出しているから、現在の後宮は空き室のほうが多かったのだ。

壺庭《つぼにわ》に姿を見せた冠直衣《かんむりのうし》姿の公達達は、袍《ほう》を肩脱ぎしてその下の緋色《ひいろ》の衵《あこめ》を見せるという艶《なまめ》かしいいでたちだった。その姿で舞を踊り、笛など吹き鳴らしながら、後宮の女達に晴れやかな己の姿を誇示するのである。ちなみに彼ら一人一人に数名の従者《じゅうしゃ》がつくから、集団はけっこうな規模になる。

若い男性達の麗《うるわ》しい姿に、女房達はうっとりとする。

「まあ、衛門督《えもんのかみ》様の凜々《りり》しいこと」

「それを言うなら、弁《べん》の君《きみ》様のほうが」

「いいえ。私はだんぜん治部少輔《じぶしょう》様が」

女房達も最初のうちはこそこそと遠慮《えんりょ》がちに囁《ささや》いていたが、しまいには結構な大声での評価になっている。庭にいる公達達にはまちがいなく聞こえているだろうが、彼らのほうも確実に酔っ払っているのであまり目くじらを立てることもあるまい。

「姫様、まだ起きていらして大丈夫ですか？」

しきりにあくびをかみ殺す伊子に、千草が心配そうに尋ねた。なんだか子供に対するような言葉ではあるが、普段の伊子が早めに床《とこ》に就《つ》く習慣だからしかたがない。

「大丈夫よ。彼らが常寧殿を出るまでは起きているつもりだから」

五節所で騒動が起きるようであれば、断固として阻止をするつもりでいた。酒の勢いや身分を笠《かさ》に着て、女人《にょにん》をいいように扱えるなどと考える男など絶対に許さない。もちろん騒動が起きないことが一番だから、杞憂《きゆう》であればと願ってはいるのだが。

自慢の芸を披露した公達達は、承香殿の前から立ち去って行った。

このあと弘徽殿、登花殿と回るのだから彼らもそれなりの労力だろう。かくいう伊子もだんだん睡魔に襲われて起きていることが辛《つら》くなってきた。

「少しお休みになられたらいかがですか？　なにかあればすぐにお起こしいたしますか

ら」

見かねた千草の進言に、伊子は甘えることにした。本格的に装束《しょうぞく》を解かなければ、なにか起きてもすぐに対応できるだろう。寝所には入らず、几帳《きちょう》と屛風《びょうぶ》で囲った畳《たたみ》に横たわると瞬く間に眠りに落ちた。

どれくらい過ぎただろう。

千草が呼びかけるのと同時に、強く身体《からだ》を揺さぶった。

「姫様、大変です！」

眠気もふっとんで、伊子は跳ね起きた。

「なにかあったの？」

「公達とその従者が、五節所に上がりこんだようです」

険しい表情のまま見ると、几帳の陰で常寧殿に見張りに行かせた女房が不安げな面持《おもも》ちを浮かべている。

「左大将をお探しして、その旨《むね》を伝えてきなさい」

言うなり伊子は立ち上がり、衣の裾《すそ》を引いて局を飛び出した。とうぜんのように千草が後につづく。

弘徽殿側に迂回《うかい》して、常寧殿への渡殿《わたどの》を進む。

おりよく簀子《すのこ》に飛び出してきた女房が、伊子の姿に目を見開く。

「か、尚侍《かん》の君《きみ》様」

「不埒者《ふらちもの》どもはどこです！」

叱《しか》りつけるような伊子の声に、女房は唇を震わせ「め、馬道《めどう》に…」と言った。彼女を押しのけるようにして簀子を進むと、すぐに馬道に突き当たった。

そこでは狩衣《かりぎぬ》を着た従者達が、女房を玩具《おもちゃ》のように抱え上げていた。このままどこかに連れ込むつもりだったのかもしれない。

伊子はかっとなった。

力で押さえつけて蹂躙《じゅうりん》することを、あたり前のように思っている。ただ腕力が強い性に生まれたというだけで、同じ人間を意のままにすることをなんとも思っていない。なんという傲慢《ごうまん》な振る舞いなのか。

女として生まれた者であれば、多かれ少なかれ熾《おき》のように心のどこかで燻《くすぶ》りつづける不満と怒りが、風に煽《あお》られたように燃え上がった。

「下がらぬか、無礼者！」

その叫びは、まさしく雷鳴のごとく常寧殿に響いた。

「主上《おかみ》のおわす神聖なる御所にて、しかも一世一代の大嘗祭に献上されし舞姫達にかような狼藉《ろうぜき》を働こうなどと、けしからぬにも程がある！」

あまりの迫力に、従者達は荒御前《あらみさき》（軍陣の先頭に立つ勇猛な神）にでも遭遇《そうぐう》したかのような顔で伊子を見上げた。それで溜飲《りゅういん》が下がったわけでもないが、伊子は少し落ちつきを取り戻した。懐《ふところ》から檜扇《ひおうぎ》を取りだすと、おもむろに顔にかざした。

「私がこうしている間に、お前達の主人も連れてすぐにこの場を出てゆきなさい。このの
ち見回ってここに殿方《とのがた》の姿を見つけたら、身分を問わずわが父・左大臣《さだいじん》に報告して相応の処分を下してもらいます」

左大臣の名に、従者達は伊子が誰だか瞬時に分かったようだった。

彼らはあわてて中にいる者達を呼びにいった。あんのじょうというか、ほどなくして奥から若い男達の驚きや不満声が聞こえてきた。おそらく彼らの主人の公達達で、五節所に入り込んでいたのだろう。

伊子は扇をかざしたまま、出てくるであろう公達達の姿を見ないようにした。本当なら一人一人をにらみつけてやりたいところだが、どうせ身分が高い相手ではたいした罰は加えられない。まして結果論として未遂《みすい》で終わったのだから、なし崩しにお咎《とが》めなしで終わるだろう。

ばたばたと慌《あわただ》しい足音が遠くなった頃、千草がささやきかけた。

「姫様、全員いっちゃいましたよ」

そのとき、こつんと床を踏む音が響いた。

反射的に檜扇を下ろすと、出入り口付近の馬道に嵩那が立っていた。白の小葵紋の袍の下から薄色（淡い紫）が透けて見える冠直衣姿で、肩で息をしている。

「いま、そこで若い者達とすれ違ったのですが――」

「大丈夫です。姫様が一喝《いっかつ》して叩きだしました」

胸を張りつつ千草が言うと、嵩那は安堵《あんど》したように息を吐いた。彼のその反応に、伊子の中で張り詰めていたものがふっと緩《ゆる》む。

「でも、なにゆえ宮様が？」

「左大将が手が離せなくなって、私に様子を見てきて欲しいと依頼してきたのです」

「手が離せなくなった？」

訝《いぶか》しげな顔をする伊子に嵩那は小さくうなずいたあと、口調を改めた。

「それは後ほど説明いたします。先に舞姫達のようすを見に行きましょう」

嵩那の主張はもっともなものだった。幾人かの者達は五節所に入りこみ狼藉を働いていたようだ。未遂で終わったとしても、彼女達は恐れおののいているにちがいない。

ふと見ると、嵩那が階《きざはし》の下で手を差し伸べていた。

もちろん簀子に立つ伊子に、その手が届くはずもなかった。そもそも五節所は馬道を挟んで東西両方にあるのだから、嵩那があがってきて、伊子がいる西側から見回ればよいことだ。

だというのに嵩那は、ためらうことなく言う。

「参りましょう」

馬道、つまり自分のもとまで下りて来い、という意味である。

急速に鼓動が高まる。心の奥底に隠していた罪悪感をはっきりと捕らえられ、なにをどう弁明して良いのかも分からない。

返事ができずにいる伊子に、千草があたかも場をつなぐように言った。

「で、では筵《むしろ》の準備を……」

小袿姿とはいえ、沓《くつ》を持たぬ女が土間に下りるには筵が必要だ。あるいは打橋《うちはし》（取り外し可能な橋）を架けるか。

しかし千草が言い終わらないうちに、嵩那が階を上がってきた。

何事かと思う間に近づいてくると、彼は無言で伊子の身体を横抱きに抱え上げた。

「!?」

「動けないとおっしゃるのなら、私がお連れいたしましょう」

意味深な言葉に伊子は胸をつかれる。

けして優しい物言いではなかったが、かといって責めるような物言いでもない。あるべき物事をきっちりと確認する、そんな冷静な声音《こわね》だった。

彼の腕の中で、伊子はとっさに檜扇で顔をおおった。抱き上げられているというのにいまさらと思いはするが、嵩那の顔を見ることができない。含羞《がんしゅう》とはちがう、羞恥心《しゅうちしん》のあまり――。

「千草。そなたは西側《こちら》の舞姫達の様子を見てまいれ」

「は、はい」

嵩那の命に、千草が釈然《しゃくぜん》としないように返事をする。普段であれば反論するかもしれないが、いつにない嵩那の貫禄《かんろく》に気圧《けお》されたのかもしれない。そもそもこの場で伊子が拒否をしていないのだから、千草がとやかく言う筋合いはない。そして伊子がこの強引な嵩那の行為を咎めない理由は、罪悪感に他ならなかった。

さして広くもない馬道を横切って東側の簀子に上がると、その場に下ろされる。

それでも伊子は檜扇の内側で顔を伏せたまま、しばらく簀子板の継ぎ目を見つめていた。

だがいつまでも目をそらすわけにはいかないと、そろそろと上目遣いに扇の外に目をむける。

少しずらした扇の上から、まっすぐと伊子を見つめる嵩那の顔が見える。

目が合った瞬間、伊子は腹をくくった。

「お手数をおかけしました」

低い声ながらはっきりと言った伊子に、嵩那はゆっくりと首を横に振った。

「こちらこそ。強引な真似《まね》を致しました」

意外な応《いら》えに伊子が目を見張ると、嵩那は付け足すように言った。

「されど、人の心に命令はできませぬから」

「……」

「ですから私は、己の心に従うだけです」

告げられた二つの言葉を、伊子はどのように受け止めるべきか分からなかった。

真意は分かる。ひとつではない幾つかの意味を持つ。

それらは忠告でもあり、戒《いまし》めでもあり、懇願《こんがん》でもあり、そして宣言でもあるのだろう。

多様な意味を持つ二つの言葉をいかように受け止めるか、それを決めるのは伊子自身なのだ。

様々な理由で惑い、揺らぐ伊子の心を嵩那は間違いなく感じ取っている。

それでも人の心に命令はできない。

だからこそ嵩那は、己の心に従うのみだと自分の意志を明らかにしたのだ。

罪悪感で胸がつぶれそうになる。いっそ心が決まっていれば、そのほうが誰にとっても楽であろうに、いま伊子は惑っているのだ。

恋慕《れんぼ》、未練、ときめき、尊敬、執着、刺激、同情、恐縮、憐憫《れんびん》、愛情。

嵩那と帝《みかど》という二人の異性への様々な感情で、伊子の心は揺れてしまう。自分でどうすることもできないほどの不安な気持ちにさらされる。

だがその責は己自身にある。

不安だとか苦しいだとか、そんなふうに思うこと自体おこがましい。

だから、受け止めるしかない。

伊子は上目遣いの視線をあらため、正面から嵩那を見た。

「承知致しました」

覚悟を示すはっきりした返答に、嵩那は間を置く。

他人がどうにかできることではなく、かといって己の意のままにもならぬ心。しかしそれはひとまず置いて、尚侍《ないしのかみ》としてまずは目の前の問題を片付けねばならない。

嵩那は目配せをするようにうなずいて、言った。

「では、舞姫達の様子を見にいきましょう」

殿舎に入った伊子達は、まずは北側に設営された備前守《びぜんのかみ》の五節所《ごせちどころ》を訪ねた。

こちらの建物には、源中納言《げんのちゅうなごん》と備前守の舞姫達の控所が設営されている。

連れ立ってやってきた伊子と嵩那を、女房達は特に不審がることもなかった。伊子は立場上とうぜんだし、嵩那にかんしては左近衛大将と親しくしているという点が大きかったのだろう。

「それで、そなた達に大事はなかったのか?」

嵩那が問うと、女房達は揃《そろ》ってうなずいた。

「大丈夫です。寸前で尚侍《かん》の君様《きみ》が駆けつけてくださいました」

「あの尚侍の君様のご一喝《いっかつ》は、まことと胸がすくような思いでございました。まさに明王《みょうおう》のごとき迫力で、私、惚《ほ》れ惚《ぼ》れとしてしまいました」

胸の前で両手を組みつつ、うっとりと女房達は語る。

明王とは魔を破り、悪人を教え導く仏のことで、その役目上たいていが恐ろしい憤怒《ふんぬ》の形相《ぎょうそう》をしている。女人《にょにん》としては褒められた気はしなかったが、彼女の意図は分かるのでそこは突っこまずにおくことにした。

「それでは、舞姫も無事なのね」

「ご心配なく。それどころか乱入に気づかず寝入っておられますから」

なんと剛毅《ごうき》なことかと、伊子は苦笑する。帳台 試《ちょうだいのこころみ》を失敗して悔《くや》し泣きをするぐらいだから気は強いのだろう。御前 試《ごぜんのこころみ》を無事やり遂《と》げて気抜けしてしまったのかもしれない。いずれにしろ、あのようにいとけない年頃の娘が怖い想いをせずに済んだのは幸いだった。

そのあと訪ねた源中納言のところも、舞姫は屏風《びょうぶ》の陰にいたので騒動は目にしなかったということだった。傅《かしず》きはもちろん、童女《わらはめ》に下仕え、端女《はしため》に至るまで全員の無事を確認してから伊子は五節所を出た。

そのまま嵩那と連れ立って、承香殿《しょうきょうでん》にと戻る。馬道《めどう》には下りず、来たときとは逆の東回りである。灯籠《とうろう》の明かりと篝火《かがりび》に照らされた簀子板はひんやりとして、軒端《のきば》のむこうには更《ふ》け待《ま》ち月《づき》が冴え冴えと輝いていた。

「大事にならなくてよかったですね」

嵩那の言葉に伊子はうなずき、あらためて尋ねた。

「左大将は、なにゆえ来られなくなったのですか？」

このような騒動が起きることを想定し、なにか起きたら駆けつけてくれるよう左近衛大将には打診《だしん》をしていた。彼自身が舞姫を献上していることもあり、快《こころよ》く引き受けてくれていた。

しかし彼は手が離せなくなり、友人である嵩那を現場に寄越したのだった。多勢に無勢の問題ではない。狼藉者達が身分の高い公達《きんだち》であるのなら、それを止める人間はそれ以上に高貴な者を寄越さなければならない。その点で嵩那はうってつけだった。

「ああ、それですね」

嵩那は気まずげな表情で頬《ほお》を押さえた。

「実は直盧《じきろ》で、右大臣《うだいじん》と新大納言の双方に捕まってしまわれたのですよ」

「右大臣と新大納言？」

「お二方が同時に、蛍草《ほたるぐさ》殿を婿に迎えたいと仰《おお》せになられましてね」

なるほど。二人ともが、中立派である左近衛大将を取りこみに動いたというわけか。

だとしても普通は内々に打診してひそやかに話を進めるものだろうに。それを政敵の目がある酒の席でするなど迂闊《うかつ》が過ぎるだろう。

「いや、最初は新大納言が冗談交じりに言っただけなのですよ」

自然と呆《あき》れ顔になっていたのだろうか？　取り成すように嵩那は言った。

なんでも入内《じゆだい》が確実視されている十二歳の大姫の婿にと言ってきたらしいので、まことも思えず、むしろ右大臣に対する当てつけの節が強かったというのだ。なにしろ新大納言は、娘の入内を右大臣に阻《はば》まれたと思っているのだから。

「ですがそれを聞いていた右大臣がむきになって、それならうちの娘をと言い出されて」

それでそのあとは、おたがいに引けなくなったという展開らしい。子供っぽいの一言だが、それを適当にあしらえないのが左近衛大将の人の好さなのだろう。

「とはいっても右大臣も新大納言も、それぞれに姫君を幾人かお持ちなので、冗談からのまことになりかねない話ではあるのです」

嵩那の表情には、はっきりと困惑の色が浮かんでいた。

なるほど。脇腹とはいえ左近衛大将の唯一の息子として正室にも認められ、なにより帝のお気に入りの従弟《いとこ》である尚鳴は、年頃の娘を持つ貴族達にとって理想の婿候補であるにちがいない。新大納言も大姫の入内は揺るがないとしても、中の姫（次女）、三の姫の婿として尚鳴を望む可能性は十分ありうる。とはいえ――。

伊子は少し声を大きくした。

「なれど蛍草殿は、沙良姫のことを――」

「右大臣と新大納言からすれば、親のない受領《ずりょう》の娘など取るに足らぬ存在なのでしょう」

どこか捨て鉢《ばち》に告げられた嵩那の一言に、伊子は口をつぐむ。

そうだ。実際はそれが現実だ。尚鳴がどれほど沙良を真摯《しんし》に想ったところで、身分差を考えれば正室として迎えることは難しい。だからこそ新大納言達も、いままさに他の娘に懸想《けそう》している相手を婿に欲しいなどという、己が娘の誇りを無視したことを考えるのだ。

いっぽうで、自分の目が黒いうちに娘の先行きを定めたいという親心《しん》は理解できる。どれほど身分が高かろうが、親、特に父親を亡くした娘の結婚はとたんに厳しいものになるからだ。高貴な身分の姫が、生活のために身分の低い男との結婚を強いられる話は枚挙《まいきょ》に遑《いとま》がない。

「それでご本人、蛍草の君はどのように仰せだったのですか?」

なんとも言えないわだかまりを抱えたまま、伊子は尋ねた。

「いえ、蛍草殿はその席にいませんでした。年長者ばかりが集まっていましたから、十五歳の彼には退屈でしょう。あの歳《とし》では酒もそれほど飲めないでしょうし。御前試が終わってしばらくしてから姿が見えなくなったので、あんがい楽所辺りで昔を懐かしんでいるやもしれません」

確かに尚鳴の年を考えれば、むしろ淵酔《えんすい》で後宮を練《ね》り歩いていた公達達のほうと行動を共にするだろう。いずれにしろ今宵《こよい》の宴《うたげ》は荒れすぎて、誰がどこにいたのかも分からなくなってしまっていた。

ほどなくして、伊子と嵩那は承香殿にたどりついた。

先に戻ってきていたとみえ、妻戸《つまど》の前に千草が立っていた。

「姫様！」

待ちかねていたとばかりに駆け寄ってきた乳姉妹《ちきょうだい》に、伊子は表情を固くする。あるいは西側の舞姫達になにか起きたのかと思ったからだ。

「どうしたの、舞姫達になにか？」

「いかがいたした、五節所でなにか起きたのか？」

嵩那も同じことを考えたらしく、二人はほぼ同時に口を開いた。

「いえ。三つの五節所の者達は、大事無いと口を揃えて答えました」

「それなら……」

一度は安心しかけた伊子だったが、釈然《しゃくぜん》としないような千草の表情に気づく。

「なにか気になることがあったの？」

伊子の問いに、千草は即答しなかった。なにか考えるように間を置いたあと、きょろきょろとあたりを見回して他に人がいないことを確認する。そのうえで怪訝《けげん》な顔をする伊子と嵩那に、意を決したように身を寄せてきた。

「沙良姫の局《つぼね》で、裸の男の影を見たのです」

御前試が終わった翌日の卯日《うのひ》は童女御覧《どうじょごらん》。そして夜は、帝の手による大嘗祭《おおなめさい》の神事が執り行われる。

童女御覧とはその名の通り、舞姫が伴《ともな》った童女達を帝や公卿《くぎょう》達が見る儀式である。この儀式の存在から、童女達は舞姫に次ぐ豪華絢爛《ごうかけんらん》な衣装を用意される。

大嘗祭の神事は、新たに設営した大嘗宮に帝が行幸《ぎょうこう》して行われる。そこで今年収穫された穀物《こくもつ》を天神地祇《てんじんちぎ》（天の神、地の神）に捧げ、自らも食するのである。

童女御覧が終わったあと、伊子は千草を連れて沙良の所に出向いた。

目的はもちろん、裸の男の影を見たという千草の証言を確認するためだ。

昨夜の千草の証言はこうだ。

三つの五節所の無事を確認してから千草は簀子に出た。ちなみに三人の舞姫達はみな几《き》帳《ちょう》の陰にいて、応対をしたのは乳母《めのと》か傅き女房であったという。

承香殿に戻ろうと簀子を進んでいた千草は、殿舎の一角にある二枚格子《にまいごうし》の上部分がわずかに上がっていることに気づいた。ちなみに二枚格子を開けるときは、上の方を外側（簀子側）に引き上げる形になっている。

あんなことが起きたばかりなのに、なんと無用心な。そんな小姑《こじゅうとめ》根性を抱きつつも閉ざしておこうと千草は格子に近づいたのだという。

『そのとき見たのです。廂《ひさし》の間に裸の男がいたのを』

少年のように、ほっそりした体軀《たいく》であったのだという。室内はほの暗く、顔まではっきりとは見えなかったが、胸はまっ平らでまちがいなく女子ではなかった。童女ではなかったのかと伊子は訊いたが、それにしては背が高すぎたというのだ。確かに髪は尼削《あまそ》ぎのように見えたが、男子が元結《もとゆい》を解けばあれぐらいの長さになるであろう。

道すがら、伊子はあらためて確認した。

「確かにそこは、沙良姫の五節所だったのね」

「はい。参入儀のあと姫様と一緒に訪ねましたから、それは間違いありません。そこが沙良姫自身の局かどうかまでは定かではありませんが」

きっぱりと千草は言った。確かに倒れてしまった沙良の見舞いに千草を伴った。であれば配置は把握しているだろうし、なにより三つの五節所を訪ねた直後では間違いようもないだろう。

「されど沙良姫の乳母は、何事もないと断言したのね」

「はい」

伊子は気難しい表情で思案する。

本当に侵入者がいたとしたら、なにゆえ乳母はそのような嘘をついたのか。

いや、嘘ではなく本当に気づいていなかったのかもしれない。

あるいは伊子が来たときには既に狼藉《ろうぜき》を働かれてしまっていて、公《おおやけ》にしたくない被害者側が口をつぐんだことも考えられる。理不尽極まりない話だが、このような場合、手籠《てご》めにされた側がわが身を恥じることが一般的なのだ。

もしそうだとしたら、自分はどこまで追及すべきなのか？　本人が言いたがらないことを、正義感と義務感だけで無理矢理聞き出してよいものなのか？

そこまで考えて、伊子は頭を振った。

いますべきことは、まず真実を探ることだ。そのため嵩那にも、侵入した公達達のほうを調べてもらっている。彼らは本当に未遂《みすい》のまま引き下がったのか？　あるいは肩脱ぎをしていた者以外に五節所に入り込んだ不埒者《ふらちもの》はいなかったのか？　そんな女房達だけでは探りにくいことを調べてもらっているのだ。

沙良の女房達は、今回はてきぱきと伊子を出迎えた。畳《たたみ》を敷き、茵《しとね》を重ね、尚侍《ないしのかみ》にふさわしい座をたちまち作り上げた。前回訪ねたときはみな宮中の作法《さほう》に慣れておらず、見かねた伊子が千草に差配させたぐらいだったというのにたいしたものだ。

その女房達をいったん下がらせると、伊子は沙良と乳母に対峙《たいじ》した。

茵の上で伊子は、自分の前で一礼する沙良を見つめる。もしも彼女の身になにか起きていたら昨日の今日だ。とても平静な心地ではいられまいと思うのだが——。

「尚侍《かん》の君《きみ》様に足をお運びいただき、まことに恐縮でございます」

乳母を差し置いてはきはきと答えた沙良に、そんな気配は微塵《みじん》もなかった。平服の重ね袿《うちぎ》姿は軽やかで、紅色の匂かさねに緋色《ひいろ》の単《ひとえ》という彩りがいっそう彼女を溌剌《はつらつ》と見せている。

杞憂《きゆう》だったかと安心しかけたが、今度は別の不審がもたげてくる。

（参入儀のあとに会ったときと、まったくちがう）

あのときの沙良は痛々しいほどにおびえていて、伊子の訪問にも几帳の陰に隠れたまま応対したぐらいであった。

いま、目の前にいる沙良は別人である。

もっともいまの姿のほうが初対面の印象には近いし、参入儀のときは前代未聞の失態がおおいに影響していたのかもしれない。なにしろ懐抱《かいほう》役の尚鳴を突き飛ばすという乱暴をやってのけた直後だったのだから。

（……蛍草《ほたるぐさ》殿？）

ふっと思い浮かんだ考えに、伊子はひやりとする。

なにを、とんでもないことを疑っているのだ。勾当内侍《こうとうのないし》と左近衛大将にも失礼すぎる。だが一度思いつくと、辻褄《つじつま》があうだけに容易に消すことができない。

「ご心配をおかけしました。されど心配はご無用でございます」

あたかも伊子の懸念《けねん》を察したように、朗《ほが》らかに沙良は言った。

「尚侍の君の御差配のおかげで、私共舞姫はみな無事でございます」

伊子は檜扇《ひおうぎ》の上から、沙良の寒椿《かんつばき》のように凛《りん》とした顔《かんばせ》を見つめた。あるいはその奥になんらかの悲憤《ひふん》の感情がありはしないかと神経を研《と》ぎ澄ませたが、幸か不幸か言葉以上のものを読み取ることはできなかった。


大嘗祭の神事が終わったあとは、二日間日程が開く。新嘗祭《にいなめさい》の場合は神事の翌日に豊明節会《とよあかりのせちえ》が行われるのだが、大嘗祭は二日後の午日《うまのひ》に行われるのである。

嵩那が訪ねてきたのは神事の翌日、辰日《たつのひ》の午後のことだった。

すぐさま人払いを依頼した彼に、伊子は素直に従った。千草を傍《かたわ》らに控えさせ、はすむかいに畳と茵をおいて彼の座とする。伊子自身も思うところがあり、御簾《みす》を隔《へだ》ててする話ではないと勘付いていた。

「肩脱ぎをして後宮を回った公達《きんだち》は、みなが大君《おおいきみ》の一喝《いっかつ》で立ち去ったそうです。そのさいにお互いにそれぞれの姿を確認しているとのことですから、千草が見たという男は彼らの中にはいないでしょう」

奥歯に物が挟まったような嵩那の物言いに、伊子は檜扇の内側で眉《まゆ》を寄せる。

漠然《ばくぜん》とだが予想はついていた。おそらく嵩那の気がかりは自分と同じなのだろう。

「ならば彼らではない別の誰かが、舞姫に懸想《けそう》して忍びこんだということですね」

伊子の問いに、嵩那は答えなかった。

肩脱ぎの集団とは別の人物。沙良に対する懸想。少年と思《おぼ》しきほっそりとした肢体《したい》。ここまで条件が重なれば、おのずと誰かは特定されてくる。扇を持つ手に力を込め、伊子は腹をくくる。

「沙良姫の五節所に忍びこんだ者は、蛍草殿ではなかったのでしょうか？」

今度は嵩那が眉を寄せた。二人はたがいに相手の目を、まるでけん制しあうように見つめあう。やがて嵩那は、観念したように肩を落とした。

「……私も、それを疑いました」

だとしたら尚鳴の目当ては、沙良でまちがいないだろう。

もちろん沙良が主張するように、そもそも何事も起こっていない可能性もある。だがあれだけはっきりした千草の証言を無視するわけにはいかないし、万が一にでもそれを恥じた沙良が泣き寝入りをしていたら見過ごすわけにはいかない。

「ですが沙良姫の様子が大君の言うとおりだとしたら、双方の間に同意があったということも考えられます」

遠慮《えんりよ》がちに嵩那は言った。

なるほど。だとしたら話がだいぶんましになってくる。もちろん規律的には大不祥事《だいふしょうじ》だが、少なくとも被害者たる者は存在しない。

そうであれば良いのにと考えかけて、伊子はあわてて首を横に振る。

長月に起きた銙《か》（石帯《しゃくたい》の飾り石）の盗難事件。あのときも自分に都合の良い方向に持っていこうとした結果、真相を見失いかけたではないか。

「では左大将か勾当内侍に……」

「いまの段階で、それは得策ではありません」

伊子の提案を嵩那は否定した。

「若年とはいえ、すでに元服《げんぷく》を済ませた冠位も持つ大人です。まずは本人に確認するべきです。親に相談するのは、それで解決しない場合でよいでしょう」

もっともな言い分だ。あらゆる意味で母離れができていない尚鳴を、伊子自身もみずら頭の男童《おのわらわ》のように考えていたのかもしれない。

「さりとて、どのように訊けばよいものでしょうか……」

「私が尋ねてみます」

あっさりと嵩那が言った。

「この手合いの話は、同性同士のほうが良いでしょう。身内でもない年上の女人《にょにん》から問い詰められれば、仮に非がなかったとしても緊張しますしね」

つまり伊子よりも嵩那が適しているということだ。

どう考えたってそうだろう。伊子からすれば、尚鳴はあくまでも勾当内侍の息子で、一対一で話しあったことすらないのだから。

「では、お願いしてよろしいですか？」

「もちろん。すべてを明らかにして、豊明節会は心置きなく五節舞《ごせちまい》を観たいものです」

快《こころよ》く引き受けた嵩那の言葉に、伊子は心から同意したのだった。


想像もしない真相が明らかになったのは、翌日の朝のことだった。

嵩那からの報せを受けた伊子は、千草と共に梨壺《なしつぼ》の北舎にむかった。ここは嵩那の直盧《じきろ》がある場所だ。ちなみに卯月《うづき》に起きた物《もの》の怪《け》騒動のきっかけとなった桐壺《きりつぼ》の雨漏《あまも》りはとっくに修繕《しゆうぜん》済みで、いまは幾人かの公卿《くぎよう》が直盧を置いている。

いずれにしろ午前の直盧であれば人気《ひとけ》はないし、密事《ひそかごと》を話すには最適だろう。屛風《びようぶ》や几帳《きちよう》で仕切られた局《つぼね》に入ると、中では嵩那があからさまに苦悩していた。

「宮さ……」

言い終わらないうちに伊子はぎょっとする。

畳《たたみ》と茵《しとね》で作られた嵩那の座のはすむかいにいたのは、冠直衣《かんむりのうし》姿の尚鳴と、小袖《こそで》に褶《しびら》をつけ、頭には白川女《しらかわめ》のような手拭《てぬぐ》いをかぶった沙良であった。

「なぜ、そんなかっこうを？」

立ち尽くしたまま彼女を見下ろす伊子だったが、すぐに微妙な違和感に気づく。その端女《はしため》は沙良にそっくりだったが、よく見ると沙良ではなかった。本当に似ていたが、いかに優れた絵師とて寸分違わぬ絵を二枚描けない、その程度の差異があった。

「そなたは何者です？」

伊子は強張《こわば》った声で問うた。端女はびくりと肩を揺らし、床に額をすりつけるように平伏する。華奢《きやしや》な肢体《したい》は小刻みに震え、恐縮のあまり物が言えないでいるようだった。

普段であればなだめすかしながら聞き出そうとするが、あまりの衝撃につい声を大きくしてしまう。

「どういうことなのですか？　そなたは沙良姫とどんな縁が――」

「弟だそうです。母違いの」

代弁するように尚鳴が答えた。伊子は自分が聞き違えたのかと思った。

「はい？」

「いま、弟君とおっしゃいませんでしたか？」

伊子の疑問を言葉にしたのは千草だった。

うん、確かにそう聞こえた。良かった、まだ耳は遠くなっていないらしい。見当違いのところでほっとする伊子の横をすり抜け、千草が弟君の前に膝をついた。気配を感じたのか、弟君はおそるおそる顔をあげる。儚げで可憐《かれん》な白い面輪《おもわ》はなよなよとした夕顔の花を連想させ、造作そのものはそっくりでも、凜とした寒椿《かんつばき》のような沙良とは印象がまったく異なっていた。

「ほんと、男の子ですね」

まじまじと彼を見つめたあと、千草は断言した。なにを根拠にしたのか分からないが、弟君のほうも否定していないからそうなのだろう。十四歳の沙良の母違いの弟というのだから十二、三歳。いっても同じ歳《とし》であるはずだ。同じ年頃の息子を持つ千草には、なにか見出《みいだ》す点があったのだろうか。

色々思うところはあるが、とりあえず追及すべきはいま目の前にある事態だ。なにゆえ少年が端女のかっこうなどしているのか。

「いったい、なにがあったのです？」

「すべて私の責でございます」

背後から響いた声に、伊子は半身をねじる。

几帳の陰から現れたのは、重ね袿姿の沙良だった。薄紅《うすべに》の衣の上に艶《つや》やかな長い黒髪が流れている。対して端女姿の弟君は背中のあたりまでの下げ髪だ。

「私が呼んだのです」と嵩那が告げた。

裾《すそ》を引きつつ中に入ると、沙良はその場にひれ伏した。

「このたびは宮様と尚侍の君《かんのきみ》様に、大変なご迷惑をおかけいたし、まことに申しわけございません。どのようなお叱《しか》りもお受けします」

一言の弁明もなく潔《いさぎよ》く謝罪の意を述べる沙良の姿は、初対面の印象そのものだった。そして昨日面談したときの沙良も、いまと同じ感じであった。

（ということは、参入儀のときがおかしかったわけね）

翌日の御前試《ごぜんのこころみ》は舞う姿を見ただけで話をしていないから、あの日がどうだったのかまでは分からない。しかし参入儀直後に会った沙良は、いま目の前にいる彼女とは別人のように内気になっていた。

「参入儀のあとの私の見舞いに応対したのは、沙良姫ではなく弟君だったのですか？」

伊子の問いに、下げ髪の弟君はふたたび顔を伏せた。

「も、申しわけございませぬ！」

「真沙《まさご》は悪くありませぬ」

すかさず沙良がかばう。この弟君の名は真沙というらしい。

「こたびのことは、すべては私の浅はかさが招いた仕業《しわざ》。弟と蛍草蔵人《ほたるぐさくろうど》様に責はございません」

懸命に沙良は訴えるが、事情を聞かないとなんとも判断できない。説明をおろそかにしてひたすら自分の非だけを認められても、こちらとしては対応に戸惑ってしまう。

（まあ、それはいまから追及するとして……）

伊子はひとまず基本的なことを整理することにした。

大嘗祭《おおなめさい》がはじまる前、教習のために伊子に挨拶《あいさつ》に来たのは沙良。参入儀の騒動のあと五《ご》節所《せちどころ》で会ったのは真沙で、昨日会ったのは沙良だったのだ。

分からないのは、御前試の舞と参入儀そのものだ。

倒れかけた自分を不自然に抱きしめた尚鳴を、沙良（？）は容赦《ようしゃ》なく突き飛ばした。気丈な行動が沙良らしいとも思えるが、動揺《どうよう》しやすい真沙とも考えられる。そもそも尚鳴こそ、なぜあんな不躾《ぶしつけ》な真似《まね》をしたものなのか。これまで母親以外の女には興味すら示さなかったというのに――。

そこで伊子はふと思いついた。これまで同年代の娘など見向きもしなかった尚鳴が、とつぜんあのように不躾な行為に及んだ理由を。

「え、もしかして？」

思わず声をあげて尚鳴を見下ろすと、彼はふて腐れたように頰《ほお》を膨《ふく》らませた。どう追及したものかと立ち尽くす伊子に、まるでなだめるように嵩那が声をかけた。

「大君《おおいきみ》、ひとまずお座りください。順を追ってお話しますから」

舞姫就任が決まった時、沙良には大きな懸念《けねん》があった。

その時期が、月のさはり（月経）にあたるかもしれないことだった。この期間の女人は不浄《ふじょう》の身とされ、表向きは神仏への儀式に参加できない。

とはいえ五節舞の長い歴史の中で、その期間に月のさわりとなった舞姫は少なからずいたとは思う。舞姫となる少女達はだいたいが初潮がはじまったばかりの年頃で、周期も不安定な者が多くて予測も困難だ。前日にとつぜんはじまってしまった者、あるいは儀式の中日にはじまってしまった者もいるかもしれない。緊張で倒れたことにして欠席した者もいるだろうし、症状が軽ければ敢《あ》えて公表はせず、そのまま役目を果たしてしまった舞姫も多かったに違いない。

ところが沙良の場合、月経痛が非常に強い体質にあった。特に最初の二日間は動くのがようやっとというぐらいで、重い物具装束《しょうぞく》をつけての舞姫役など、とうてい果たせる状態ではなかった。

しかし舞姫の話を断るという考えは沙良にはなかった。せっかくの宮仕えの機会を逃すわけにはいかない。父が残してくれた蓄《たくわ》えも、いつまでも持つものではない。自分の身はもちろん、両親が亡きあとも残ってくれている家人達のために稼《かせ》がなくてはならない。

そこで考えついたのが、瓜二《うりふた》つの真沙を替え玉にする作戦だったのだ。御前試で舞ったのは真沙で、その舞は教習を受けた沙良が稽古《けいこ》をつけたのだという。

「では千草が御前試の夜に見た少年は、真沙の君だったのですね」

その件についてまだ詳しく追及をしていないが、沙良は伊子の意図を理解したようだった。

「はい。御前試のあとは二日日程が空きますし、私の体調も回復してなんとか舞姫としての役目を果たせる状態になりましたので、その夜に私と弟は衣を取り替えました。参入儀から私は端女《はしため》として控所にこもっておりました。女房達にばれないよう、具合が悪いとして乳母《めのと》がうまく取り成してくれたのです」

乳母が一枚嚙《か》んでいるのはとうぜんだ。でなければ大勢の女房達に囲まれた五節所で隠しおおせるわけがない。傅《かしず》きや下仕えは左近衛大将が手配した女房達なのだから、こんなことを知ったのなら黙っているはずがない。

沙良は端女として引きこもり、真沙のほうも日頃から女房達に顔を見られないよう気遣った。御前試のときは顔をさらすが、もともとこれだけ似ている顔立ちで、しかも舞姫として厚めに化粧《けしよう》をしているのなら、すりかわっているなど誰も思わないだろう。

(ということは……)

伊子は尚鳴のほうを見た。

「蛍草殿は、真沙の君を抱きとめたときに男だと気づいたのですか?」

「はい。でも最初はまさかと思いました。ですから確認するために――」

「長く抱きしめてしまったというわけですか?」

尚鳴はうなずいた。真沙のほうも、正体がばれたと思って焦ったのだろう。それであのような乱暴な真似をしたというわけだ。

「そのことは誰かに相談を？」

「していません」

きっぱりと尚鳴は言った。

「あの段階では男だと確信が持てませんでしたし、そうだったとして、こんな不祥事が明るみに出れば父上の立場がありませんから」

さらりと告げられた最後の言葉に、伊子は目を円くする。尚鳴はふて腐れたようにぷいっと顔をそむける。ちらりと視線を動かすと、それまで気難しげだった嵩那の顔に苦笑めいたものが浮かんでいた。

こんなときになんだが、素直に良かったと思えた。

尚鳴が反発していた父親をかばおうとしていたこと、五節所に忍び込んだ不埒者《ふらちもの》が尚鳴ではなかったことも、そのどちらも喜ばしいことにちがいない。

尚鳴は話をつづけた。

「それでまずは事情を訊こうと、ひそかに文《ふみ》を出したのです」

舞姫が男であることに気づいた旨《むね》を記し、自分も父親のことを考えれば公《おおやけ》にはしたくないので、解決のために話しあうことを求めると沙良はすぐに応じた。

それで参入儀のあと、文殿《ふどの》で話し合ったのだという。

そういえばあの夜、尚鳴が文殿からみなを追い出したと蔵人頭《くろうどのとう》が言っていた。それに常寧殿《じようねいでん》から端女が出ているところも見かけた。では、あれが沙良だったのだろうか？　月経痛の強い身体《からだ》で文殿まで歩くのは辛《つら》かっただろうが、物具装束で帝《みかど》の前で踊るよりはずっとましにちがいない。

沙良から事情を聞いた尚鳴は、二人に協力することを決めた。

「事情を聞けばあはれでもございましたし、父上のことを考えれば私も公にはしたくなかったものですから」

御前試のさい尚鳴が嘲笑《ちようしよう》をものともせず見学に出席したのは、真沙がなにか粗相《そそう》をした時に助けられるようにと慮《おもんぱか》ってのことだった。

御前試が終わったあと、端女姿の姉と舞姫姿の弟はすりかわった。

尚鳴は真沙が御所を抜ける手筈《てはず》を整え、今朝になって彼を連れ出そうとした。夜更けの京の町は物騒だし、どのみち夜になれば内裏《だいり》の門は閉ざされてしまうから、朝出るしかなかったのだ。

「そこを、私が見つけたのです」

嵩那が言うと、尚嗚はもはや観念しているとみえて素直にうなずいた。

尚嗚の狼藉《ろうぜき》を疑った嵩那は、彼を詰問しようとして様子を探っていたのだという。そこで決定的な現場に遭遇《そうぐう》したわけだが、彼も舞姫にそっくりな端女を見たときは、さぞ驚いたことだろう。

もちろん、それは伊子も同じである。

あまりのことに混乱して、考えがうまくまとまらない。どうするべきなのか、なにを言うべきなのか。情だけではなく損得を考えても、教本のように単純な叱責《しっせき》を口にすることもできない。

頭を抱えこむ伊子に、沙良はもう一度頭を下げた。

「本当に申しわけございません。すべて私が一人で謀《はか》ったことです」

「いや、あなた一人のせいではない」

そう言って尚嗚は、伊子と嵩那を見た。

「人々を謀ることになると知りながら、沙良姫に協力を持ちかけたのは私のほうです。その段階で私も共犯となります」

「いいえ。蛍草蔵人様は私達をあわれに思《おぼ》し召して――」

少年少女はたがいに相手をかばいあった。その姿は健気《けなげ》だが、伊子はこの場で一人だけなにも言わないでいる真沙が気になってしかたがなかった。ただおびえるばかりで、その可憐《かれん》な唇から言葉が発せられることはない。

いったいこの内気さはどういうことだろう。人々を謀ったという負い目もあるのだろうが、それは沙良も尚鳴も同じである。あるいは女装姿をひと目に晒《さら》されているという引け目もあるかもしれないが、にしても十三歳の男子であればすでに元服《げんぷく》をしてもよい歳《とし》だというのに、最初からずっと幼子のようにおびえている。

一つしか歳の違わぬ姉と、本来であればまったく無関係な尚鳴が、これほど必死に自分をかばってくれているというのに、この態度は幼さが過ぎやしないか。

「大君」

おもむろに嵩那が呼びかけた。伊子ははっとして顔をむける。嵩那はゆっくりと首を横に振った。

「詳しく聞けば弟君も、ずいぶんと苦労をしているようなのですよ」

そう言った嵩那の目は、かすかな怒気をはらんでいるように見えた。

亡くなった若狭守《わかさのかみ》には、沙良の母である正室の他に通う女がいた。

一時は先帝への入内《じゅだい》さえ名が上がったという高貴な姫ではあったが、後ろ盾を亡くしたために若狭守の世話を受けることになった。世間一般で言えば〝落ちぶれた〟とも言うのであろう。その間に生まれたのが、真沙である。

若狭守は身分の高い妻を気遣い正室と同等に遇していたが、妻側は落ちぶれたわが身を嘆《なげ》き、夫に心を開こうとはしなかった。

そんな事情から自然と夫婦は疎遠《そえん》になり、いつのまにか妻のほうに新しく通う男ができた。これが若狭守よりさらに身分の低い男だったというから、かつての経緯を考えれば首を傾《かし》げてしまう流れである。

やがて妻は、男の赴任《ふにん》に従って東国《とうごく》にと下る。連れ子として真沙も伴《ともな》われたが、とうぜんのごとくあまり良い待遇は受けなかった。継父が生さぬ仲の子を疎《うと》んじる話は珍しくないが、真沙の場合は母親のほうからより疎んじられたのだという。

「父との結婚が本意ではなかったからだそうです！」

憤然《ふんぜん》と言い放ったのは、当人の真沙ではなく沙良のほうだった。彼女からすれば実の父親が蔑《さげす》まれているとしか思えないから怒りたくもなるだろう。母親からすれば真沙は、蔑んでいる夫から無理矢理産まされた子であったということだろうか。

ともかく実母から嫌われつづけた真沙は、唯一の味方である乳母の手で、邸《やしき》の片隅で身を隠すようにして育ったのだという。その母が亡くなったことでいっそう居づらくなったのを見かね、乳母が実父である若狭守に助けてくれるように文を書いた。しかしほぼ同じころに若狭守も亡くなっており、その文を受け取ったのは一人残された沙良だった。

自分は天涯孤独になったものと思っていた沙良は、喜んで弟を呼び寄せた。それが舞姫の話を受ける少し前であった。さらに増えた家族の食い扶持《ぶち》を稼ぐために、なんとしても舞姫をしての責務を全《まっと》うしなければならないと、こんな奇策を考えついたのだという。

これらの証言も沙良の口から出たもので、その間も真沙はひたすらおどおどとした目で伊子達の反応をうかがうばかりだった。実の母から虐《しいた》げられていたという過去が、このように極端に内気な気質を育ててしまったのだろうか。だとしたら痛ましいし、先ほどの嵩那の怒気をはらんだ反応も納得できる。

沙良の説明が途切れたころ、それまでむすっとして話を聞いていた尚鳴が腹立たしげに言った。

「私は真沙の君の話が信じられませんでした。実の母親がわが子に、そのようにむごい仕打ちをするなんて」

尚鳴の口から出ると変な意味で違和感はあるが、それが一般的な意見だろう。見ると沙良も大きくうなずいている。愛情あふれる普通の母親から育てられた彼等からすれば、同情のみならず怒りすらわいてくる話なのかもしれない。

「いますよ、そんな母親はいくらでも」

それまでずっと黙っていた千草が、ひょいと口を利《き》いた。

伊子と嵩那はきょとんとなり、尚鳴と沙良は反発するような表情になる。千草はわが子のような年齢の彼らの視線をきれいに無視した。

彼女には十四歳の息子を筆頭に、父親がちがう子供が四人いる。夫達のすべてが甲斐性《かいしょう》なしのロクデナシだったので、その子供達を女手ひとつで育てている。本来であれば千草こそ、育児放棄をした母親に反発しそうなものなのだが。

「別に珍しくないですよ、そんな母親は。だいたい世の中というのは、母親に幻想を持ちすぎなんです。母親だって人間なんだから十人十色。どうしようもないクズだってけっこういますよ」

そこで千草はいったん言葉を切り、ふたたび真沙にむかって膝をつめた。

日頃から快活な彼女の瞳が、いつもにもましていっそう明るく輝いた。

「だから、あなたのような子は別に珍しくないのよ。悪いのは全部親のほうだから、自分のなにかが悪かったのかとか思いわずらう必要などありませんからね」

真沙はぽかんとして千草を見つめる。

にっこりと笑みを浮かべると、千草は沙良のほうをむいた。

「この場合の若狭守様は、どうしようもなかったでしょうけどね」

沙良は不意をつかれたように目を瞬かせた。しばらくの間のあと、彼女は気恥ずかしげな表情となり、そっと視線を落とした。

そのとき伊子は思った。

ひょっとして千草が非難をしたのは、子を愛さぬ母だけではなく、世にごまんといる種をまくだけで素知らぬ顔をしている父親達でもあったのかもしれないと。

確かに世の習いからして、若狭守にはどうしようもなかっただろう。そもそも千草が言ったように、世の人間は母がいれば子は大丈夫だと思いこんでいる。若狭守もわが子がそのような境遇にあるなどと想像もしていなかったのだろう。

いずれにしろ、あはれなのは子である。

真沙にとって、この情に厚い姉・沙良との出会いは光であったのかもしれない。

誰からも疎んじられた半生の中、真沙は乳母《めのと》以外で無条件に自分の味方になってくれる人間の存在をはじめて知ったのかもしれない。だからこそここまで内気な性質《たち》にもかかわらず、こんな大胆《だいたん》な作戦に加担したのではなかったのだろうか。

親を亡くした子がなんとかして自分の力で生きようとしたことを責めるなど、伊子にはとうていできなかった。

「さて、どうしましょうか……」

実に間合いよく嵩那が尋ねた。

伊子は眉間《みけん》にしわを刻んで思案した。

伝統ある大嘗祭《おおなめさい》で、主上《おかみ》をはじめ人々を謀ったのだからけしからぬ次第ではある。だが五節所で狼藉を働いた者達は、身分を理由に誰も罰せられていない。未遂《みすい》だというのもあるが、それを言うのなら沙良達とて騒ぎは起こしていない。なぜなら伊子と嵩那以外の誰も、二人のとりかえに気づいていないのだから。経緯からして尚鳴はもはや共犯者で、こんなことが明るみに出れば左近衛大将の立場にもかかわってくる。

「しかたないですね」

やれやれとばかりに伊子が漏《も》らすと、嵩那はくすりと声をたてて笑った。

大嘗祭の最終日となる中午日《なかのうまのひ》の夜。

紫宸殿《ししんでん》にすべての朝臣《ちょうしん》が集まり、豊明節会《とよあかりのせちえ》が盛大に催《もよお》された。

帝は高御座《たかみくら》（天皇の玉座）にと出御《しゅつぎょ》し、皇親に月卿《げっけい》（公卿《くぎょう》）、雲客《うんかく》（殿上人《てんじょうびと》）達に酒をふるまう。母屋《もや》からは白砂を敷き詰めた南庭が一望できる。わずかな枯葉を残して枝を伸ばした左近《さこん》の桜。夏と変わらぬ青々とした常緑の葉を繁《しげ》らせた右近《うこん》の橘《たちばな》。胡床《あぐら》や筵《むしろ》の上で、六位以下の朝臣達も酒を酌《く》み交わす。

伶人《れいじん》達の演奏、殿上人達の舞等華やかな芸事が次々に催される。しかしこの宴《うたげ》での最大の見所は、やはり五節舞《ごせちまい》の本番である。

伊子は高御座の傍《かたわ》らに控え、勾当内侍《こうとうのないし》と話しながら舞姫が入るのを待っていた。

五人の舞姫達は全員宮仕えが決まっている。一度に五人も入るのはそれなりに混乱があるだろうが、今年はすでに二人の女房がいなくなっているので期待している。

なんといっても後宮という場所は結構な頻度《ひんど》でとつぜん人が辞めてしまうので、入れられるときに入れておいたほうが良いと勾当内侍は言うのだった。

その理由の多くは結婚だという。もちろん結婚後も宮仕えを続ける者はいるが、夫が地方に赴任となった場合、そうではなくとも刀自《とじ》（主婦）として家にいて欲しいと夫が望む場合などもある。

「若い舞姫達は長く務めてくれるでしょう。そのうえ皆しっかり者で、私も心強くございますわ」

なにも知らぬ勾当内侍に、伊子は軽い罪悪感を抱く。

とりかえの一件は、伊子達の間で内密にし、お咎《とが》めなしで終わらせた。酒と身分を理由にお目こぼしされた殿上人達と比して、彼らを強く罰する根拠が見出《みいだ》せなかった。

主犯である沙良が他言することはないだろうし、真沙も会話に困るほどの臆病《おくびょう》なのだから自分から口にすることはないだろう。もっとも不慣れな女装姿であれほど見事に舞い遂《おお》せたのだから、案外性根は据わっているのかもしれない。ならば沙良が宮仕えをしている間にでも、家を守るために必然的に鍛えられるであろう。

残る一人。尚鳴には、たとえ母親であっても絶対に言わぬよう釘を刺しておいた。この少年が母親に隠し事ができるようになれば、ある意味で喜ばしいことだ。

ただ勾当内侍に対しては申し訳ないと思う。

（あの蛍草《ほたるぐさ》殿が、父君のことをかばってあげていたのよ）

声を大にして教えてあげたい気持ちをこらえ、素知らぬ調子で伊子は言う。

「まことに。ただでさえ主上の前で緊張してしまうというのに、五人とも御前試《ごぜんのこころみ》での舞いは見事だったわ」

策略家の沙良はもちろんだが、個人的には最年少の備前守《びぜんのかみ》の娘に見所があるのではと伊子は思っている。役目を果たせなかった不甲斐《ふがい》なさを泣いて悔《くや》しがり、翌日は見事に舞い遂せたあげく、狼藉者の侵入にも気づかずに寝入っていた十一歳の少女である。他の三人の娘達も、ひけを取らぬようにしっかりと舞姫を務めていた。

伊子の言葉に勾当内侍は微笑を浮かべ「楽しみですわ」と答えた。

演奏がはじまり、舞姫達が廂《ひさし》に上がってくる。五節舞本番の衣装は、白に青を基調とした格調高い物具装束《しょうぞく》である。

大歌所《おほうたどころ》の歌人が声を張り上げる。

その唐玉《からたま》を
乙女《おとめ》ども　乙女さびすも　唐玉を
袂《たもと》にまきて　乙女さびすも

舞姫達が袖《そで》を振ると、青の村濃《むらご》に染めた領巾《ひれ》がふわりと浮き上がる。

五人の舞姫達に遜色《そんしょく》はない。もちろん今日が初参加である沙良も、御前試のときの真沙と同じようにとりすまして優雅に舞っている。

（やはり、あの娘が一番見込みがあるかもしれない）

小気味良い思いで舞台を眺める伊子に、なにを勘違いしたのか勾当内侍が微笑《ほほえ》んだ。

「まこと、皆の出仕が楽しみでございますわね」

第二話
それでは面白くありません

師走《しわす》に入り、京の町にようやく雪が降った。

今年は暖冬気味で例年に比べてやや遅くはあったが、初雪とは思えぬほどに降り積もった雪は内裏《だいり》を銀世界にと塗りかえた。こうなると若い官人や童殿上《わらわてんじょう》の子供達などが張り切って雪山や雪玉をこしらえる。積雪時における、御所や貴族宅での風物詩である。

「姫様、ご覧ください。ほら、あの雪山の大きいこと」

格子《こうし》の隙間《すきま》から外をのぞき千草《ちぐさ》ははしゃぎ声をあげるが、寒がりの伊子《かのこ》はそれどころではない。せっかく炭櫃《すびつ》を熾《おこ》しているのだから、どうか格子を閉めてくれという気にしかならなかった。それでなくとも今日は体調不良で出仕を控えているというのに。

少し寒気がするぐらいで熱もないのだが、主上《おかみ》の間近に仕える身として大事を取った。玉体《ぎょくたい》にうつしでもしたら申しわけない。とはいえ、なんだかずる休みをしているような感も否《いな》めなかったのだが。

「まこと、冷えること」

ぼやきつつ真綿を入れてこさえた綿衣の襟《えり》をぐいっと寄せたとき、面会人の報せがあった。

「治部少輔《じぶしょう》?」

伊子は訝《いぶか》しげに、その名をつぶやいた。

一、二度ならば面識がある。直近で顔を見たのは帳台 試《ちょうだいのこころみ》の前である。五節舞《ごせちまい》を見に行くという嵩那《たかふゆ》や実顕《さねあきら》と共に彼もいたのだ。しかしその程度の関係で、わざわざ承香殿《しょうきょうでん》を訪ねてくるような仲ではない。

「いったいなんの用件かしら？」

実顕の友人のようだが、正直に言えばあまり良い印象はなかった。

帳台試を前に浮かれていたこともあるのだろうが、いかにも女人《にょにん》に手馴《てな》れたふうな物言いが鼻についた。二十四歳とまあ若いうちに殿上人の地位にあり、見た目もまずまずだったからもてはやされはするのだろうが。

「いかがなさいますか？　体調が悪いと言って断りましょうか」

伊子の懸念《けねん》を察したように千草が言った。

考えてみればほぼ初対面の、具合が悪いと言っている相手に面会を求めるというのもなかなかの不躾《ぶしつけ》だ。その点では断っても非礼ではないが、用件が気になる。付きあいがない相手なので、なにが目的なのかまったく見当がつかない。

「かまわないわ。通しなさい」

不安げな顔をする千草に、伊子は少しばかり意地の悪い笑みを浮かべる。

「主上の御前であれば咳《せき》ひとつですら気になるけれど、治部少輔ならそこまで気にしなくてもいいでしょ」

ほどなくして治部少輔が、廂の間に姿を見せた。

本来であれば中には入れず簀子《すのこ》で応対する程度の面識相手だが、この寒さで格子を開け放すのはこちらが辛《つら》すぎる。

御簾《みす》越しにあらためて見ると、きっちりと糊《のり》がきいた緋色《ひいろ》の袍《ほう》姿がりりしく、若い娘ならときめく見てくれだ。しかし伊子の歳《とし》になると、軽々しいという印象のほうが先に来てしまう。

「急にお訪ねして、まことに申しわけございませぬ」

神妙に言うあたり、この申し出が唐突《とうとつ》であることは理解しているようだ。

これまでの付き合いの程を考えれば、まずは親交のある実顕に仲介《ちゅうかい》を頼むのが手順であろうに、直接訪ねてくるとはよほど性急な用件なのだろうか。軽く警戒しつつ、伊子は治部少輔の言葉を待った。

「実は小督《こごう》殿の辞官を許可いただきたく、お願いにあがりました」

彼の口から出た名に、伊子は怪訝《けげん》な顔をする。

小督とは内侍司《ないしのつかさ》の中臈《ちゅうろう》の名だ。歳《とし》は二十歳《はたち》で父親は大和守《やまとのかみ》。上流貴族とまでは言えないが、五位の位を持つ実入りのよい大国の国守《こくしゅ》である。小督本人を言えば、少し偏屈なところはあるが、真面目《まじめ》でてきぱきとして伊子がひそかに目をかけている女房だった。

「なにゆえ少輔殿が、そのようなこと願いでるのですか？」

無意識のうちに伊子の声音《こわね》は厳しくなった。理由がなんであれ仕事を辞めたいというのなら、本人が自分の口できちんと伝えるべきではないか。百歩譲《ゆず》って親や兄弟が出てくるのは分かるが、赤の他人に頼むなど義を欠いている。

「いえ。道理はございます。私と小督殿は許婚《いいなずけ》の仲でございます」

予想外の返答に伊子は目を円くする。小督の結婚話ではなく、相手が治部少輔であったことに驚いた。中堅の女房として堅実な働きぶりを見せる小督の相手が、こんな見るからに軽薄そうな男だとは思いもよらなかった。

（それに勾当内侍《こうとうのないし》だって、小督の結婚話など一言も触れていなかったけど？）

尚侍《ないしのかみ》という高位女官《にょかん》である伊子の耳には、中臈や下臈《げろう》達の細やかな情報まではなかなか入ってこない。実質的に彼女達を差配するのは勾当内侍で、なにかあれば彼女の口から伊子に伝わるはずなのだが。

詳しく治部少輔に話を聞いてみると、二人の結婚は既に双方の親の了解を得ており、十ヶ月も前に決まっていたのだという。ならば伊子が出仕をはじめる前のことになる。

貴族の結婚は、女側の実家が男を全面的に支援するのが常だ。例に漏《も》れず大和守は、娘夫婦のために四条《しじょう》に新居を用意しているそうだ。にもかかわらず小督は、後宮の女房不足が理由で未だ辞官できないでいるのだという。

「私どもの結婚が決まった当初、服喪《ふくも》で下がった女房がいたらしいのです。そのあとも病《やまい》で一人辞めたとかで結局二人の女房がいなくなり、小督殿はとてもいま御所を下がることはできないと言うのです」

人並みの責任感を持つのなら、普通の感覚だろう。結婚は個人の意志でずらせるが、服喪と病はどうにもならない。都合がつけられる自分のほうが配慮《はいりょ》しようという小督の感覚は正しく好ましい。もっとも病で辞めた女房というのは、長月《ながつき》の盗難事件にまきこまれた右近《うこん》のことで、辞めた本当の理由は病ではなかったのだが。

ちなみに小督は鼻つまみ者だった右近にも、比較的普通に接していた数少ない人間だった。もちろん仲良くしていたというわけではなく、単に仕事上の相手として好き嫌いの感情を出さずにつきあっていたというだけなのだが、その程度でもあの右近にとっては貴重な、普通にやりとりができる相手であったにちがいない。

伊子はそんな小督の気質を好ましく思っていたが、それで何ヶ月も待たされる治部少輔のやきもきは理解できる。耐えかねたあげく、内侍司の長官たる伊子に直訴《じきそ》に出たというわけか。

「このたび五人の舞姫達が出仕をはじめましたので、いよいよ小督殿の辞官が叶うと思っていたのです。されど新人の女房達がある程度使い物になるまではいて欲しいと上の方から引き止められたと言うではありませぬか。小督殿は物堅き人柄ゆえ、さようにして頼まれると否《いや》とは言えないと申すのでございます」

どうやら治部少輔は、小督を引きとめている後宮に憤《いきどお》っているようだった。数ヶ月近く待たされたあげくそれでは、怒るのもしかたがない。伊子にはその記憶がないから、言ったとしたら勾当内侍だろうか。あるいはその下の小宰相《こさいしょう》のおもとあたりか。

もちろん彼女達の言い分も分かる。五人だろうが十人だろうが、つい最近入ってきたばかりの、しかも十二、三歳の少女達が即座に使い物になるわけがない。それどころかある程度仕事を覚えるまでは、かえって手のかかる存在になりかねない。そんな時期に小督のような働き盛りの女房に抜けられるのは、それでなくとも人手不足の後宮にとって手痛い事態だ。

「お願いします。どうぞ小督殿の辞官をお認めください」

頭を下げる治部少輔に、伊子は困惑した。小督が責任感の強さゆえに辞められずにいるとしたら、これは無視できないことだ。できることなら意を汲《く》んでやりたいが、かといって現場の女房達の忙しさを無視し、立場を笠《かさ》に有無を言わさず命令するような真似《まね》はしたくなかった。

「少輔殿のお気持ちは分かります。されどいま小督に抜けられては、後宮が困るのは事実ではあるのです。正月明け、いえ、せめて年内まで待ってもらえませぬか」

「こちらの事情はもちろん承知しております。なれど小督殿も二十歳とけして若くはありませぬ。来年になれば二十一、すでに嫁《い》き遅《おく》れの歳です。このまま長引いては世間の物笑いの種となりましょう。私としては一刻も早く家刀自《いえとじ》（主婦）として四条の新居を守ってもらいたいのです。確かに結婚をしても宮仕えをつづける者は珍しくありませぬが、女人の幸せとは、やはり夫に尽くし、子を産み育てることでしょう。私は小督殿を幸せにしてさしあげたいのです」

世の男の常たる言い分だが、伊子はかなりかちんときた。

女の幸せが結婚だという一般論に、目くじらをたてて反論しようとは思わない。特に女の場合、結婚は若い方が有利だというのも確かにそうだ。

だから先ほどの台詞《せりふ》が、結婚を嫌がる娘を諭《さと》す親のものであればまだ分かる。

しかし小督と治部少輔の結婚はすでに決まっていることだ。しかも自分が幸せにしたいと言い切ったのだから、ここで小督の年齢を不幸の要因にあげつらう必要はないのではないか。

などともやもやする部分はあったが、人手不足から小督に無理を強《し》いているのは本当の
ところだ。いくらなんでも十ヶ月は長すぎる。

不快を押し殺し、伊子は檜扇《ひおうぎ》の内側で小さく咳払いをした。

「分かりました」

治部少輔は顔をあげた。

「女房達に話をして、一刻も早く小督が辞官できるように取り計らいましょう」


治部少輔が帰ってからすぐ、伊子は勾当内侍《こうとうのないし》を呼んで話を聞いた。

「結婚が決まったことは知らされていたので、私も気になってはいたのです。されどいまの状況で辞めることはできないと本人が言ってくれましたので、私共もつい甘えてしまって……」

勾当内侍の説明は、治部少輔から聞いたのとはちょっとちがうと伊子は感じた。

この言い方からして、勾当内侍が慰留《いりゅう》を懇願《こんがん》したというわけではなく、後宮の忙しい状

況を察した小督が自ら留まってくれたということのようだ。

　このような気質だからか、勾当内侍は小督を自分の後継者にしたいというぐらいに買っていた。小督の身分と有能さを併せて考えれば、それは優れた人選であった。しかし治部少輔は小督には家刀自となることを望んでいるから、それも無理な話となった。

「あの娘に辞められるのは確かに痛いことですが、そこまで結婚を待たせているようではこちらも考えなくてはなりませんね」

　などと言いながら、勾当内侍は浮かない顔をしている。よほど小督が抜けられるのは痛いと見える。ただでさえ師走《しわす》、正月と忙しさを増すこれからの時季に、彼女のような有能な女房に辞められてしまうのは困る。

　どうしたものかと、伊子はこめかみに指を当ててしばらく思案する。

「ひとまず直近の吉日に四日休みを与えて、三日夜《みかよ》と露顕《ところあらはし》の儀を済ませてそれでしばらく堪《こら》えてもらうことは無理かしら？」

　伊子の提案に、勾当内侍はなるほどという顔をした。

　三日夜と露顕とは、ともに結婚の儀式である。結婚が決まると男は女のところに三日間通いつづけ、三日目か四日目に結婚を世間に披露する祝宴『露顕』を行う。この儀式を済ませることでまずは結婚を形にして、その後落ちついてから辞官してもらいたいというわけである。

「では、小督に話をしてきますわ」

「いいえ。承香殿《こ　こ》に呼びましょう」

伊子の言葉に、腰を浮かしかけた勾当内侍にきょとんとする。

「私からもきちんと話をしたいの。十ヶ月も我慢してもらっているところに、このうえまた留まってもらうように頼むのだからね」

納得した勾当内侍は腰を下ろし、伊子は自分の女房に小督を呼んでくるように命じた。

ほどなくして小督が、廂《ひさし》の間に入ってきた。

中背《ちゅうぜい》でほっそりとした娘である。藤色の唐衣《からぎぬ》に浅葱《あさぎ》色の表着《うわぎ》。襟元《えりもと》や裾《すそ》からのぞく五《いつ》つ衣《ぎぬ》は、紅梅《こうばい》色の濃淡をかさねている。きりりと引き締まった中にも、若い娘らしい華やかさがのぞく装《よそお》いだ。

すっきりとした切れ長の目許《めもと》は知的だが、感情がよめない冷めた印象でもある。実際にその印象通り、日頃の彼女は何事にも動じない泰然とした雰囲気《ふんいき》があった。

小督は伊子とむきあうように座った。先ほどまで治部少輔がいた場所だが、いまは御簾を上げている。彼女のはすむかいには勾当内侍が座っている。

「急に呼びだして、ごめんなさいね」

「いえ。それでご用件とは？」

とつぜんのことに、日頃は落ちついた小督もどことなくそわそわしている。伊子は単刀《たんとう》直入《ちょくにゅう》に、治部少輔が訪ねてきたこととその理由を話した。

「少輔様が？」

話を聞き終えた小督は、驚きを隠さなかった。この反応からすると、辞官の懇願は二人が示しあわせてのものではなかったのだろうか。

「知らなかったのですか？」

「はい」

うなずいたあと小督は「そういえば、そんなことを言っていたような」と漏らした。

察するに治部少輔は、辞官にかんして自分がかけあうぐらいのことは口にしていたのかもしれない。しかし小督のほうは、あまり本気にしていなかったのだろう。

「確かに少輔様は、一日でも早く私を妻にしたいと仰《おお》せでございました。もちろんそのお気持ちはありがたかったのですが、いまの内裏《だいり》の状況を考えますと――」

「ええ。私もあなた達の意に添うようにしてあげたいのは山々なのですが、五節の女房達はまだ使い物にならない状態です」

伊子の言葉に小督は特に不満気なようすもなく相槌《あいづち》をうった。実際の現場状況など、伊子よりも小督のほうが良く知っているであろう。伊子が自分の考えついた四日間の休みのことを言うと、小督はびっくりしたように目を瞬かせた。

「いえ、そのようなことをしていただかずともかまいませぬ。このように皆が忙しいときに休むなどとんでもないことです。結婚は年が明けてからでもできますから」

「だけどこのままではあなたに申しわけないし、治部少輔も納得できないでしょう」

「私自身が納得して仕えさせていただいておりますので、尚侍の君《かんきみ》様も勾当内侍様もどうぞお気になさらないでください。私のことは私が決めますので、治部少輔様にはその旨《むね》もお伝えします」

きっぱりと言いきった小督に、伊子は面食らう。だがほどなくして、口許《くちもと》に笑みが浮かんだ。私のことは私が決める。なんと小気味のよい言葉だろう。自分が口にした言葉に一片のためらいもない、そんな小督の姿勢は痛快であった。この調子からして、治部少輔はいつも小督にやりこめられているのだろう。

とはいえ上司としては、部下の善意に甘えきってしまうわけにもいかない。伊子の目配せに勾当内侍が口を開く。

「小督。あなたの心遣いは嬉しいけれど、四日ぐらいならなんとかなります。ひとまず露顕まで済ませておしまいなさい。そうしなければ治部少輔様がお気の毒よ」

正直あの男にかんしては気の毒とも思わないが、そうしなければまた伊子のところにやいのやいの言ってくるだろうから、それも面倒くさい。

勾当内侍に諭されながらも、小督は釈然《しゃくぜん》としない表情を浮かべている。

「……本当によろしいのでございますか」

不安げに尋ねる小督に、伊子と勾当内侍は揃《そろ》ってうなずいた。そのうえで勾当内侍があらためて言った。

「ですから治部少輔様と相談して、早い吉日をお選びなさいな」

ところがそれから数刻もしないうちに、予期もしないことが起きた。

少納言と呼ばれる中臈《ちゅうろう》が、身内の病《やまい》を理由に宿下がりを言ってきたのである。

「かなり重篤《じゅうとく》だということで、今日にでも退出したいと申したので許可いたしました」

それは許可しないわけにはいかない。しかしよりによってこんなときにと頭を抱える伊子に、勾当内侍が遠慮《えんりょ》がちに告げた。

「小督が少納言から直接相談を受けたとかで、それなら自分が残ると言ったようです」

「……」

「甘えるしかないですね」

　実際それしかない。だが真面目《まじめ》で責任感の強い人間にばかり負担がかかる。そんな不公平感が否《いな》めない現状にはもやもやしてしまう。いや、少納言も含めて退出した女房達に非があったわけではなく、それぞれにしかたがない理由があったのだが。

「少納言は尚侍の君に挨拶《あいさつ》をしてから退出しようと考えていたようですが、体調を崩しておられるので、私から断りを入れるということで先に下がらせました。戻ってきたらあらためてうかがわせます」

　勾当内侍の判断は賢明だった。二人もの人間と話しこんだからなのか、たいしたことはないと思っていたのにやけに疲れた。小督はともかく、異性であるうえに初対面に近い治部少輔との面談は思った以上に気が張った。

　この調子では、明日の出仕も叶わないかもしれない。用心のために典薬寮《てんやくりょう》に薬湯でも煎《せん》じてもらうべきかと考えていると、ぽつりと千草が言った。

「それにしても小督と少納言が親しいというのは意外でしたね」

　そういえば勾当内侍は、小督が少納言から直接相談を受けたのだと話した。ある程度親しくなければ、そのようなことにはなるまい。

「確かに、意外な組み合わせよね」

伊子は素直に同意した。

少納言は和泉式部《いずみしきぶ》の再来と呼ばれる、恋多き宮中の花である。

歳《とし》は二十一歳で、まさに花の盛りの美しさ。ぽってりとした赤い唇とやや腫《は》れぼったい瞼《まぶた》。長い睫《まつげ》の奥で濡れたように輝く黒い瞳が、同性から見てもどきりとするほど婀娜《あだ》っぽい女房であった。

女の目からみてこれほどの色香なのだから、男が放っておくはずがない。恋文《こいぶみ》の数は引きもきらず、その中には何某《なにがし》少尉や中将等の名立たる貴公子達が大勢いると評判だ。

引っ切り無しに恋人がいるということは、必然的に一時的でも二股《ふたまた》三股《みまた》になる。加えて狭い御所での話だからとうぜん自分の恋人を奪われた女房もいるわけで、結果として同輩《どうはい》達との間に何度か騒動を起こしているらしい。伊子の耳には具体的な事例までは入ってきていないが、その奔放《ほんぽう》さは耳にしている。

そんな少納言と、堅物《かたぶつ》の小督《こごう》が親しいというのは意外すぎる。

「いえ、特に仲が良いというわけではないのでしょうが……」

苦笑交じりに勾当内侍が言った。

「確かに少納言は恋がらみの騒動を頻繁《ひんぱん》に起こし、一部の女房達からはひどく恨まれております。されど小督はあの性格で色恋にはあまり興味もないようで、必然的に悶着《もんちゃく》を起こすようなこともありません。ゆえに、たがいを敵視しあうようなこともなかったのでしょう」

妙に納得がいく説明だった。

とかく女の場合、身持ちが悪いとそれだけですべての人格を否定されがちだ。その裏には自分の恋人を取られかねないという警戒心と、自分より彼女がもてはやされている嫉妬《しっと》がある。

しかし恋愛に興味が薄い小督に、少納言はまったく無害な女。それゆえこれまで下がった二人の女房達に対するのと同じ気持ちで、少納言の窮地《きゅうち》に手を差し伸べてやったというわけか。

（まあ右近の場合は、是非《ぜひ》もなく私が辞官を認めてしまったからしかたなかったけど）

考えてみれば、あれで小督が辞められなくなってしまったというのに、このうえ今回の少納言の宿下がりで三度もの負担をかけてしまったのだ。

短い思案のあと、伊子は千草に言った。

「私の衣の中から、なにか適当なものを選んで小督に届けてちょうだい」

褒美《ほうび》として衣を渡すことは一般的である。特に身分のある者の衣は質の良さから財ともなる。物を渡して解決する話でもないが、せめてもの気持ちである。

次いで伊子は別の女房に、治部少輔《じぶしょう》を呼んでくるように命じた。時間的に帰ってしまっている可能性もあったが、そのときは明日でもかまわない。

なにゆえという顔をする勾当内侍《こうとうのないし》に、伊子は「気は進まないけど」と前置きをした。

「小督の辞官を取り計らうと言った直後にこんなことになってしまったのだから、私の口から直接説明をしなければね」

事情を聞いた治部少輔は、不満の色を隠さなかった。

「どういうことですか。なんとか取り計らうと、尚侍の君が直々に仰《おお》せだったではありませぬか」

「ですからそれが——」

「言い訳はけっこうです！」

思いがけない強い口調に伊子は驚く。帝《みかど》の尚侍《ないしのかみ》、しかも左大臣《さだいじん》の大姫に対し、いかに殿上人《てんじょうびと》でも五位程度の男がしてよい態度ではなかった。しかし治部少輔はおのれの非礼に自覚がないとみえ、悪びれたようすもなくさらに言い募《つの》ってくる。

「かようなことを繰り返していては、小督殿は完全に嫁き遅れてしまうではありませぬか。

あの娘は来年には二十一にもなるのですよ。これ以上嫁き遅れさせ、世間の物笑いの種になれと仰《おっしゃ》るのですか？　彼女の幸せのためにも、どうぞ辞官をお認めください」

年齢を理由に殊更《ことさら》小督の幸せを強調する治部少輔に、こちらに引け目があることを承知したうえで伊子は不快になった。

自分のことは自分で決める。小督ははっきりとそう言った。

小督の幸せのためだと治部少輔は言うが、十やそこらの女童《めのわらは》ならともかく、二十歳にもなった女人の幸せを、なにゆえ他人が恩着せがましく決めつけようとするのだ。ついでに言えば、三十二歳独身の伊子を前にそんなことを言える神経も理解しがたい。

腹立たしさのあまり黙りこむ伊子に、治部少輔はさらに食らいついてきた。

「内裏《こちら》がご多忙であることは承知のうえ。されどしょせんは女人の仕事。五節《ごせち》の女房達も最初はまごつきましょうが、すぐに慣れましょう」

鼻っ柱に檜扇《ひおうぎ》を叩きつけてやろうかと思った。端《はな》から女の仕事を軽んじた発言は、悪意というより、この男の本音なのだろう。圧倒的な身分差がある伊子に対しての非礼も、大胆《だいたん》さではなく相手が女だという侮《あなど》りからにちがいない。

これは無神経などの可愛《かわい》いものではなく、もはや無礼千万だ。

はっきりと顔色を変えた伊子に、傍《かたわ》らにいた勾当内侍が声音《こわね》を厳しくした。

「少輔殿のお腹立ちはごもっともでございます。されどいまの物申しようは、帝の尚侍に対して少々お口が過ぎやしませぬか」

日頃は穏やかな勾当内侍の叱責《しっせき》に、治部少輔はぎくりとしたように言葉を詰まらせる。

御簾《みす》のむこうにいるのがただの女官《にょかん》ではなく、帝の信頼厚い侍臣《じしん》。一の人たる左大臣鍾《しょう》愛《あい》の大姫であることをいまさら思い出したらしい。

「け、けしてそのような……」

しどろもどろになった治部少輔は、そのあともなにかごにょごにょと言っていたが、伊子は取り合わずにひたすら冷ややかな眼差《まなざ》しをむける。

やがて彼は苦し紛《まぎ》れというか、思い出したように話を切りだした。

「じ、実はひとつお尋ねしたいことが……」

「なんでございましょう?」

けんもほろろに勾当内侍が返した。

「少納言が、身内の病を理由に宿下がりを願い出たというのはまことの話でございましょうか」

勾当内侍はなにを言っているのかという顔をした。少納言の宿下がりを、直接に許可したのは彼女である。

「まことともなにも、本人がそのように申し出てきましたよ」

「それがおかしいのです」

つい先程まで勾当内侍の毅然《きぜん》とした態度に気圧《けお》されかけていた治部少輔だったが、いつのまにか強気を取り戻している。なんとなく嫌な予感がかすめた。目をむけると勾当内侍も軽く目配せをして返す。穏やかならぬ事態やもしれぬと、伊子は気を引き締めた。

「なにが、おかしいというのですか？」

「少納言には、急いで枕元に駆けつけなければならぬような身内はいないはずです」

「え？」

伊子と勾当内侍は、揃って声をあげた。するとここぞとばかり、治部少輔は話を詰めてくる。

「はい。少納言の親はすでに身罷《みまか》っており、家督を継いだ兄も肥後《ひご》の国に赴任《ふにん》しておりますので、女が一人で駆けつけて行くような場所ではとうていありませぬ」

身内が危篤《きとく》だというのになんとも薄情にも聞こえるが、都から見たら畿内《きない》以外の土地などおおむねそのようなものだ。特に肥後のような遠方では、都に報せがきた時点で病人は身罷っている可能性が高い。今日危篤の連絡が来たから、取るものもとりあえず駆けつけるという場所ではなく、なにかするとしたら祈禱《きとう》の依頼か寺参りだろう。

「その兄とも歳《とし》が離れている上に、兄嫁ともそりがあわないとかで、赴任の何年も前からずっと疎遠《そえん》にしていたはずです」

伊子と勾当内侍は顔を見合わせる。それが本当なら、治部少輔の疑いはもっともであるのだが——。

「なぜ少輔殿は、そこまで少納言の家族に詳しいのですか？」

「少納言は、以前私の恋人でございました」

一瞬きょとんとなったものの、すぐに納得がいった。確かに御簾向こうの男は、堅物の小督の婚約者としては意外でも、色好みとして名高い少納言の恋人としては納得できる人物だった。

見ると勾当内侍も、半ば呆《あき》れたような表情で相槌《あいづち》をうっている。もちろん同僚同士が一人の男の過去と現在の恋人となるなど、内裏では珍しくもない。男と女が逆になっても同じことである。

いずれにしろ治部少輔の言い分には根拠があった。

伊子は軽く混乱した。

「ならば少納言は、いったいなんのためにかような偽りを……」

「私に心当たりがございます」

治部少輔は声を張り上げた。

「実は私どもの別れ際にひと悶着《もんちゃく》ございまして……」

決まりが悪いような物言いの裏に、自分の武勇伝を披露するような品の無さがある。伊子は軽蔑《けいべつ》交じりの冷ややかな眼差しをむけたが、御簾むこうの治部少輔はもちろん気づいていない。

治部少輔の説明はこうだった。

昨年まで彼は、少納言と恋人関係にあった。とはいえ彼女は有名な恋多き女。楽しく過ごすには最適だが、結婚を考えるような相手ではない。現に治部少輔とつきあっている間にも、少納言には何人もの言い寄る男がいたのだという。

「こちらもそういう女だと分かっておりましたから、取り立てて咎《とが》めもいたしませんでした」

だからこそ今年に入って小督との縁談が持ちあがったとき、治部少輔は一も二もなく承知したのだという。言い分に釈然《しゃくぜん》とはしなかったが、少納言のほうも素行に問題があったのだから、一方的に治部少輔を責めるわけにはいかない。

「それで少輔様は、少納言に別れを切りだしたのですか？」

勾当内侍の問いに、治部少輔はあわてたように否定した。

「いえ、私からではありません。確かに少納言ほど、家刀自《いえとじ》として不適格な女子はおりませぬ。されど恋人として楽しく過ごすには最高の女ですから、結婚をしたから別れるなどとやぼなことは考えておりませんでした」

つまり小督との結婚後も、宮中では少納言とうまくやってゆくつもりだったということだ。悪びれたふうもなく告げられた本音に、伊子はこみあげる嫌悪感を禁じえない。

「その点で小督は家刀自として最適です。妻となって四条の邸《やしき》をよく切りもりしてくれることでしょう」

語りはじめの気まずげなようすはどこにやら。得々と語る治部少輔に、伊子は檜扇ではなく、赤々と燃える炭櫃《すびつ》を頭からかぶせてやりたい衝動にかられた。千草も勾当内侍も露骨に不快気な面持《おもも》ちを浮かべ、特に千草などは潰れた虫の死骸《しがい》でも見るような目をしている。

「しかし少納言のほうから別れを告げられました。なんでも人の恋人を奪うのはかまわないが、自分が奪われる側になるのは耐えられないと申しておりました」

清々しいほど身勝手な言い分だが、別の女と結婚を考えながら、お前ともうまくやりたいなどと臆面もなく言い切れる男にはそれぐらいの返しでちょうどよい。

「さような悶着がございましたので、少納言が私を逆恨みしたという疑念も捨てきれないのです」

それは真っ当な恨みで、逆恨みではない。そう指摘してやりたかったが、動機自体は無いとも言いきれなかった。

誇りを傷つけられた少納言が、治部少輔を恨んで小督との結婚を邪魔しようとした。もしくは完全な逆恨みで小督のほうを恨んでいるかもしれないし、あるいは伊子にはとうてい理解しがたいが、まだ治部少輔に未練を持って、二人の結婚を阻止しようとしたことも考えられる。

「じゃあ、そのために身内が危篤だと偽って？」

憤慨《ふんがい》したように千草が言った。そうだとしたら、伊子も怒り心頭だ。少納言は小督の善意を利用したことになるのだから、こんな腹立たしい話はない。

伊子の表情が強張《こわば》ったのを見て、あわてたように勾当内侍が言う。

「いくらなんでも、そこまでは――」

もちろん伊子とてそう思いたかったが、断固として否定する理由も思いつかない。

いずれにしろ少納言が、偽りを言って宿下がりをしたのは事実だ。その結果、小督は三度も辞官を阻《はば》まれてしまった。

真面目《まじめ》な正直者ばかりが貧乏くじを引かされている。そう考えると怒りでかっとなり身体《からだ》まで火照《ほて》ってくる気がした。

「少納言を捜しなさい」

誰にともなく伊子は言った。勾当内侍《こうとうのないし》がぎょっとしたように伊子を見る。その声音は伊子自身が思うより、ずっと厳しいものであった。

その夜、伊子は熱を出してしまった。

怒りから身体が火照ったものと思っていたら、なんのことはない。単純に熱が出ていただけだった。息が苦しいとか身体が痛い等の症状はないが、頭がおぼろで考えがまとまらない。

薬湯を服して寝たが、朝になっても熱は下がらず枕も上がらぬままだ。

「やっぱり、あのとき薬湯を飲んでおくべきだったわ」

熱が出る前に、ちらりと考えはしたのだ。だけど大丈夫だろうと、たかをくくって忘れてしまっていた。あの段階で服用していれば、ここまでひどくはならなかったかもしれないのに。

「宮仕えをはじめて、そろそろ九ヶ月にもなろうとしておりますもの。疲れが溜まったのでございましょう」

そう言って千草は、額を冷やしていた濡れ手拭《てぬぐ》いを取り替えた。ひやりとした感触が心地よいが、ほどなくして生温《なまぬる》くなってしまう。

それにしても、これで二日出仕を休んでいることになる。後宮職員《こうきゆうしきいん》の女房達にはもちろん、なにより帝に多大な迷惑をかけているのだろう。

「困ったな……」

「なにも考えないで休んでくださいよ。少納言がもぐりこんでいそうな場所も、どうせすぐに調べはつきませんよ」

「……そんなに難航しそうなの？」

「そりゃあ、もちろん！」

なんだかうきうきしたように千草は言った。

「なにしろ、いま和泉式部と呼ばれているほどの恋多き女ですからね。捜せばいくらでも男の影は出てきますよ。もぐりこんでいそうなところを虱潰《しらみつぶ》しに捜していたら、都中の貴族の家を調べなければなりませぬから」

多少は誇張しているのだろうが、千草の証言に伊子はあ然とした。派手な噂《うわさ》は聞いていたが、さすがにそこまでとは思っていなかった。

捜すのが無理なら、彼女が出てくるのを待つしかないのだろうか。辞官ではなく宿下がりを願い出たのだから、御所に戻ってくるつもりはあるのだろうけれど。

しかしそれほど恋人に事欠かないなら、なにも治部少輔のような軽薄な男に固執する必要もなかろうに。確かに若く見栄えは良いが、あの程度の男なら少納言の美貌《びぼう》と色香を持ってすればいくらでも手に入れられるだろうに。

そこまで考えて、伊子はふとおかしくなった。

（私、目が肥《こ》えすぎているのかも）

外見、年齢、身分的なことだけを言えば、治部少輔はなかなかの上玉だ。にもかかわらず取るに足らない存在のように思ってしまったのは、中身の軽薄さを知ったこともあるのだろうが、伊子が日々目にしている殿方《とのがた》二人があまりに麗《うるわ》しいからだ。

嵩那と帝《みかど》。

世代こそちがえ、あの二人ほど優れた殿方はいないだろう。

「いかがなさいましたか？　急ににやにやして」

そう千草に指摘されるまで、伊子は自分がほくそ笑んでいることに気づかなかった。気恥ずかしさからとっさに、鼻の上まで衾《ふすま》を引き上げる。

「な、なんでもないわ。ちょっと思い出し笑いをして……」

「楽しいことを思い出されたのなら、それはようございますよ」

枕元で千草は笑った。その顔が乳母《めのと》にそっくりだと思った。

それから少しして、別の女房が帝の遣いが来たことを知らせにきた。

「若狭《わかさ》殿でございますよ」

先日宮仕えをはじめた沙良《さら》の候名《さぶらひな》である。

伊子の許可を得て局《つぼね》に入ってきた若き女房の装束《しょうぞく》は、白の唐衣《からぎぬ》に青の表着《うわぎ》。紅梅の五《いつ》つ衣《ぎぬ》をあわせた、裏陪 紅梅《うらまさりこうばい》のかさねである。

「主上《おかみ》からのお見舞いをお持ちいたしました」

「……見舞いって、たいしたことはないと申し上げたのに……」

二日間休んでその言い草もないが、実際昨日の夕刻あたりまではたいしたこともなかったのだ。今日とて少し熱はあるが、意識が朦朧《もうろう》となるような高熱でもない。だからおとなしく寝ているだけで祈禱《きとう》もさせていない。

「ですから、ささやかなものとのことでございます」

そう言って沙良が枕元に置いたものは、漆《うるし》塗りの小さな盥《たらい》であった。

肘をついて身を起こすと、すぐに千草が衾を肩に着せ掛けた。

なんだろうと中をのぞきこむと、真っ白な雪を敷き詰めた上に、濃紅と薄紅《うすべに》の山茶花《さざんか》が彩りよくちりばめられている。中央には人の拳骨《げんこつ》のような石が置かれ、艶々《つやつや》した常盤樹《ときわぎ》の緑の葉が控えめに添えられている。初雪に覆《おお》われた庭を小さな空間に凝縮した、実にゆかしい演出だ。

「病《やまい》を召されてはせっかくの初雪を見ることも叶わなかったであろうから、せめての慰《なぐさ》めにと仰《おお》せでございました」

沙良は薄紅色の頰《ほお》をいっそう上気させた。

千草をはじめとした女房達が、こぞって中をのぞきこむ。

「これはまあ、なんと風情《ふぜい》のある」

「山茶花をかようにして生けるとは、私共には思いもよりませなんだ」

口々に感心する女房達を前に、沙良はうやうやしく包み文を差しだした。

「主上からでございます」

伊子は気圧《けお》され気味に文を受け取る。礼紙《らいし》（包み紙）を開いた中には、蘇芳《すおう》色のぼかしが入った美しい料紙《りょうし》が入っていた。

『加減はいかがでしょうか。内裏《だいり》のことは気にせず、しかと自愛なさい。ゆめゆめ無理などなさらぬよう。貴女《あなた》は私にとってかけがえのない存在だということを、くれぐれもお忘れなきよう』

流麗《りゅうれい》な文字で記された見舞いの言葉に、胸が震える。

もったいないほどの帝の心遣いが、胸に染みいってゆく。

こんなことをしてもらう価値など自分にはない。嵩那とのことを諦めかけているのではと惑いつつ、それでも心を決めきれないでいるような自分には――。

迷いのない帝の頑固なまでの一途《いちず》さが苦しくて、それ以上に眩《まぶ》しい。

緩《ゆる》く目を瞑《つむ》ると、目の奥がじんわりと熱くなってくる。もしかしたら、また熱が上がっているのかもしれない。

「姫様、もうお休みください」

千草が促した。いつのまにか声まで乳母そっくりになっている。

横たわってすぐに、額にひんやりとしたものが触れた。

「なに？」

そうしたって見えるはずもないのに、伊子は視線を上向けた。すると悪戯《いたずら》めいた表情を浮かべた千草が、人差し指ですくいあげた雪を近づける。いつそんなことをしたのか、帝からの見舞いの雪をぱらぱらと散らしたのである。

「……」

「手拭いより、こちらのほうが気持ちいいでしょう」

千草は笑った。

粉雪のように散らされた雪は、火照った額の上で瞬く間に溶けていった。


翌朝、目覚めたときはずいぶんとすっきりしていた。

熱が下がったのかどうかは定かではないが、頭のおぼろな感じは取れている。

「良かった、これで明日は出仕できるかしら」

屋根裏の柾目《まさめ》を眺め、伊子は独りごちた。本当はすぐに出仕したいが、最低でも今日までは休むように帝からお達しがあった。ならばせめて、山茶花の礼だけでも文を書きたいものだが。

几帳《きちょう》や屏風《びょうぶ》で囲まれた局は薄暗いが、格子《こうし》のほうを見ると日はすっかり昇っているようだった。みなもう起きているのかと考えていると、かたりと物音がして、すぐに千草が入ってきた。

「お目覚めですね。どうですか、ご気分は？」

彼女が手にした盆には、土器《かわらけ》と提子《ひさげ》が載っている。土器の中には薬湯が、提子の中は白湯《さ》《ゆ》が入っている。熱で喉《のど》が渇《かわ》いていると考えて用意してくれたのだろう。

「うん、だいぶん良くなったみたい」

「主上のお見舞いが効きましたね」

差し出された薬湯を伊子が飲み干すと、おもむろに千草は言った。

「ところで、小督《こごう》に下賜《かし》する衣の件ですが……」

「うん、なにか適当なものはあった？」

「それが渡したのですが、もらう理由がないと言って戻してきました」

伊子は土器を持ったまま、目をぱちくりさせた。

それは昨日のことであったのだが、伊子の熱が高かったので、千草も言うのを遠慮《えんりょ》していたのだという。

「まさか、よっぽど趣味の悪い衣を渡したわけではないでしょうね」

「そんな衣はお持ちではないでしょう」

若干《じゃっかん》むっとしたように返され、伊子は肩をすくめた。衣を調えるときは千草とともにあれやこれやと選んでいるから、そう言われては腹も立つだろう。

（好みにあわなかったのかしら？）

衣の趣味は人並みだと思っているが、年齢的にどうしても無難に流れてしまっていることは否《いな》めない。まして現在の御所は御匣殿《みくしげどの》・祇子《まさこ》という評判の着こなし上手がいるからよけい自信を失ってしまう。

「そもそも小督は衣箱の中も見ず、御礼という言葉だけで受け取るわけにはいかぬと辞退いたしましたから」

「えっ!?」

「受け取ってもらわねば姫様の気が済まぬと申したのですが。されどむこうも、謂《いわ》れなきものを戴《いただ》いては自分の気が咎《とが》めるとの一点張りでございました」

「謂れなきものって……」

あまりの頑《かたく》なさにさすがにあ然としてしまう。気が咎めるというのはまだしも、経緯を考えれば謂れなきものということもなかろう。

物堅い人物であるのは知っていたが、ここまでくると手強《てごわ》いという印象のほうが勝ってしまう。この性格でよくもまあ、あの軽薄な治部少輔《じぶしょう》を夫にしようなどと思いきったものだ。親が決めた縁談を娘が拒《こば》むなどあまり聞かないが、宮仕えをしている者なら糧《かて》はあるからできないこともないだろうに。もちろん親から叱責《しっせき》は受けるだろうし、最悪縁を切られかねないけれど。

それから少しして、勾当内侍《こうとうのないし》が訪ねてきた。内侍司《ないしのつかさ》での午前中の仕事が滞《とどこお》りなく終わったことを報告したあと、彼女は言いよどむように間を置いた。珍しいふるまいに伊子は首を傾《かし》げた。

「なにかあったの？」

「……その、少納言のことですが」

「ああ」

偽りを言って退出した少納言を、捜索するように伊子は命じた。もちろん検非違使《けびいし》に依頼するような公《おおやけ》なものではなく、個人的に左大臣《さだいじん》家のつてを使って捜させている。縁のある男の家にもぐりこんでいるだろうと見当をつけたものの、その数が多すぎて虱潰しに捜している最中なのだった。

「いまのところ、行方《ゆくえ》は分からないのだけれど……」

「少納言は、さようなずる賢い真似《まね》をいたす女子ではないと思うのです」

伊子は目をぱちくりさせた。

まじまじと自分を見る上官から、勾当内侍は気まずげに一度視線をそらす。だがすぐに気持ちを立て直したとみえ、説明をはじめた。

「確かにあの娘の色恋沙汰《ざた》にかんしての素行は褒められたものではございませぬが、私はさようなつまらぬ嫌がらせをする者とは思えぬのです」

どういうことかと問う伊子に、勾当内侍はさらにつづける。

「あの娘は数多くの殿方《とのがた》達から言い寄られておりますから、異性に対しては絶対の自信を持っております。あの娘がまだ治部少輔に執着を持っているというのなら、私達を偽ってまで小督に嫌がらせをするより、治部少輔を籠絡《ろうらく》する方向に動くのではと思うのです」

最初のうちこそ言葉を選んで遠慮がちでいたが、しまいにはかばっているのか貶《おとし》めているのか分からぬ言い様になってしまった。

しかしだからこそ、伊子も勾当内侍の意図を理解できたのだ。

なるほど、と千草が大きくうなずいた。

「言われてみれば、少納言なら絶対にそっちですよね。人の恋人を奪うことなんて、なんとも思っていない娘ですからね」

あっけらかんと明るく言うことではないと思うが、一理はある。仮に少納言が小督を恨んでいたとしても、それならなおのこと治部少輔を誘惑する方向に動くはずだ。それを小督の結婚を遅らせるために、偽りの宿下がりを申し出るなど考えにくい。そんな企《たくら》みが明るみに出たら、自分のほうが罰せられるかもしれないのだから。

それにしても、少納言の異性関係がそこまで派手なものだとは思っていなかった。身持ちがよろしくないという話は聞いていたが、だとしたら彼女を恨む女、いや男もさぞかし多いことだろう。

（あれ？）

ふと腑《ふ》に落ちないものを覚え、伊子は首を傾げた。

確かに話を聞いてみれば、少納言が小督に嫌がらせをするとは考えにくい。

そもそも恋愛沙汰にかんしてだけ言えば、少納言のような女は同性を恐れない。絶対に勝つ自信があるからだ。むしろ彼女は恐れられる側だろう。少納言のような女の影が自分の恋人の周りにあったのなら、それは女にとって脅威《きょうい》にちがいない。

小督がさして仲良くもないであろう少納言の窮地《きゅうち》に手を差し伸べたことは、彼女の性格ゆえとうぜんだろうと思っていたが、先ほどの千草の言葉を伊子は思いだした。

――謂れなきものを戴いては自分の気が咎めるとの一点張りでございました。

小督の実直な性格故の言い分と考えはしたが、あまりにも頑な過ぎると違和感も覚えたのだ。

よもや、と伊子が考えたときだった。

表のほうで激しい物音がした。大きな物が倒れたのか落ちたのか、とにかくそんな音だった。三人で顔を見合わせたあと「なにごと？」と最初に千草がつぶやいた。

「どうしたの？」

「雷でも落ちたの？」

几帳や屏風《びょうぶ》のむこうで女房達がざわついている。がたがたと外のようすを見に行く気配がして、伊子達はしばらく女房達のようすをうかがっていた。

ほどなくして、板の間を激しく踏み音と同時に聞き覚えのある声が響いた。

「急げ、床《とこ》を用意せよ！」

嵩那の声だった。慌てて几帳のほころび（のぞき穴）から外をのぞいた伊子は、驚きに目を見張った。御簾《みす》むこうを足早に進んでくる嵩那が抱きかかえていたのは、ぐったりとなった小督だった。

女房達が床を用意している間、伊子は千草に手伝わせて急いで身支度《みじたく》を整えた。化粧《けしょう》をする間はなかったが、そんなことは言っていられない。

御簾の際まで近づくと、ちょうど嵩那が小督を床に下ろしたところだった。顔色までは分からないが、気を失っているのか、あるいは寝ているのかぴくりとも動かない。勾当内侍はとっくに母屋《もや》を出て、小督の枕元に座っている。

「いかがいたしました!?」

伊子の声に、嵩那ははじめて母屋のほうを振り返った。それまで伊子がいることに気づいていなかったような反応だった。

「大君《おおいきみ》、とつぜんすみませぬ」

「いったいなにが？　小督は無事なのですか」

「いま薬師《くすし》を呼ばせています」

そう答えたあと、嵩那は外のほうを一瞥《いちべつ》した。

「私が庭を通っておりましたら、高欄《こうらん》を越えて彼女が落ちてきたのです」

伊子はあ然とした。童《わらわ》でもあるまいし、およそ成人女性の仕業《しわざ》とは思えない。しかし躓《つまず》いたのか、あるいは気分が悪くなって落ちたということも考えられる。

「なぜ、さようなことに？」

「私も詳細は存じませぬ。こちらの殿舎の陰から、この女房が吹っ飛ばされたかのように出てきて、そのまま庭に落ちてしまったのです。それで一番手近なこの殿舎に運びこみました」

信じがたい証言に伊子はぞっとした。

単純に考えて、簀子《すのこ》から誰かに突き飛ばされたとしか思えない。躓くなど自分の過失で落ちたのなら、吹っ飛ばされたようにはならない。ちょうど殿舎が死角になって、嵩那からは犯人の姿が見えなかったというわけか。

いったいどういうことなのか。高欄から人を突き飛ばすなど、悪意がありすぎる。怪我《けが》はもちろんだが、打ち所が悪ければ命を落としかねないというのに。

「誰がさような危険な真似《まね》を！」

勾当内侍が怒りの声をあげたときだ。

「治部少輔様です」

それまで気を失っていた小督が、ようやく言葉を発した。そのことにひとまず伊子はほっとした。薬師に診《み》てもらわねばまだ安心はできぬが、意識は取り戻したようだ。

それとは別に、小督の口から出た名が問題だ。

「治部少輔？」

怪訝《けげん》そうにその名をつぶやいた嵩那の横で、勾当内侍が小督の枕元に詰め寄る。

「どういうことですか？　なにゆえ治部少輔殿が、かような無体《むたい》な真似を許婚《いいなずけ》であるそなたに働くのです」

「許婚!?」

嵩那は驚きの声をあげた。どうやら小督と治部少輔の関係を知らなかったようだ。というより中臈《ちゅうろう》の中に許婚がいるとは聞いていても、個人の顔までは認識していなかったのかもしれない。

枕に頭をつけたまま、小督は声を絞《しぼ》りだした。

「治部少輔様が私の辞官を尚侍の君《かんのきみ》様に直接かけあおうとなされ、それを私が阻《はば》もうとしてもみあいになり、そのはずみで――」

転落の衝撃なのか、声は弱々しかった。しかしその声音《こわね》にはあからさまな怒りがにじみでていた。とうぜんだろう。打ち所が悪ければ死にかねなかった。なんの躊躇《ちゅうちょ》もなく暴力的に、渾身《こんしん》の力を持って振り払ったにちがいない。でなければ唐衣裳《からぎぬも》を着た成人女性が吹っ飛ばされたりしない。

そのうえ――。

「はずみでそんなことになったとしても、なぜ転落させたそなたを救護せずに姿を消したのだ？」

厳しい声で嵩那は問うた。

そうだ。治部少輔は自分が突き落とした小督を介抱もせずに逃げてしまったのだ。だから転落した小督を抱えて、嵩那がここまでやってきたのだ。

「宮様のお姿を見て、怖くなって逃げたのでしょう」

そう言った小督の口調からは、すでに怒りも失望も感じられなかった。あるのは氷のように冷ややかな侮蔑《ぶべつ》のみだ。

「私のもとに降りてくれば、とうぜん宮様に事情を訊かれます。そうなれば非難されることは必定《ひつじょう》。それが恐ろしくなったのだと思います」

あまりの理由に、周りにいた全員が言葉を失った。

悪戯《いたずら》が見つかった子供でもあるまいし、逃げたかといってどうにもならないのに。もちろん場合によっては死人に口無しとなりかねなかったが、あの高さであれば、普通は悪くても骨折ぐらいだ。被害者である小督の証言ははっきりと取れる。

「なんと情けない！」

「ひどい。見損《みそこ》ないましたわ」

女房達が口々に治部少輔を非難する中、伊子は御簾内で思考する。

もちろん治部少輔の行為は許しがたい。許婚であろうが他人であろうが、人を高欄から突き飛ばして逃げるなど犯罪である。

だがそれとは別に、伊子の中に先ほどからずっとあった小督に対する不審がひとつの形を取った。

（まさか？）

御簾向こうの小督を一瞥する。ちょうどそのとき薬師がやってきたので、憤然《ふんぜん》とする周りの女房達を千草が急いで追いはらった。

幸いにして小督の状態は大事にはいたらず、打ち身程度で終わった。

薬師が帰った頃、入れ違いに一度外に出ていた嵩那が戻ってきた。

「まったく、腹立たしい。急用ができたと言って、家に戻ったそうです」

彼は治部少輔を捜しに大内裏《だいだいり》まで足を伸ばしたのだが、徒労に終わったようだ。

居なかったという話に、そうだろうと伊子は思った。そんな勇気があるなら、最初から逃げ出したりしない。百歩譲《ゆず》って動揺《どうよう》のあまり直後は立ち去ってしまったとしても、良心があるのなら戻って来るはずだ。

（あの場に宮様がいなければ、助けに行ったかもね）

そのうえで「女が出過ぎた真似をするから自業自得《じごうじとく》だ」とかの屁理屈をこね、小督を言い含めようとした気がする。

極悪人ではないし、人を傷つけて平然としている冷血漢でもなかろう。

ただ圧倒的に自分本位な人間が、社会的に優位な男として生まれたという最悪が重なっているのだ。男であれば敬《うやま》われてとうぜんで、女であれば男を敬うべきだと、なんの根拠もなく信じているのだ。嵩那に咎《とが》められることを恐れて、その場から逃げ出してしまうほどの小さな肝《きも》しか持っていないくせに。

（どのみち、下衆《げす》にはちがいないか）

苦々しい思いでいる伊子の前で、小督はそろそろと起き上がった。枕元で様子を見ていた勾当内侍《こうとうのないし》が急いで手をかす。緊急ゆえに担《かつ》ぎこまれたとはいえ、ここはあくまでも尚侍《ないしのかみ》の局《つぼね》である。そうそう長居をするわけにはいかない。見た感じ、少々のぎこちなさはあっても問題なく起き上がれている。

「皆様方には、お世話をおかけいたしました」

小督は深々と頭を下げた。御簾奥の伊子にはもちろん、嵩那と勾当内侍への礼でもあるのだろう。あんなことが起きた直後なのに、動揺も見せずに礼を通している。本当に気丈で物堅い娘だ。だからこそ親が決めたこととはいえ、あんな男との結婚など願い下げであるにちがいない。

「小督」

伊子の呼びかけに、小督は顔を上げた。あらためて周りを確認する。薬師が来たときに他の女房達は追い払ったので、小督の周りにいるのは勾当内侍と嵩那だけである。御簾を隔《へだ》てた自分の横にも、いるのは千草一人である。

この面子《めんつ》なら知られてもかまわないだろうと、伊子は話を切りだした。

「色々と迷惑をかけましたね。治部少輔の乱暴も、もともとは私があなたの辞官を認めなかったことに因《いん》があります」

横にいた千草が、あからさまに不満そうに伊子を見た。おそらく御簾向こうの勾当内侍も似たような反応だろう。彼女の場合、千草のように露骨に感情を表すことはないだろうけれど。

伊子の言い分に、嵩那は仰天《ぎょうてん》したように反論する。

「いや、だからといってかような乱暴を働き、しかも救護もせずに逃げ出すなど許されることではないでしょう」

嵩那は小督の辞官をめぐるここまでの経緯は知らないが、知っていたとしても治部少輔の行為は許されることではない。

そんなことは伊子とて分かっているが、ここはひとまず無視をする。

「これというのも少納言が偽りを申して、宿下がりを願い出たからです」

敢《あ》えて口調を厳しくすると、小督はわずかに肩を揺らした。

「あの、偽りとは……」

「少納言には、臨終《りんじゅう》の際に駆けつけねばならぬような身内はいないそうです」

絶句する小督に対し、苛立《いらだ》ちもあらわに伊子は言う。

「まったく許しがたいことです。このうえはなんとしても少納言を捜しだし、厳しく罰しなければなりませぬ」

この伊子の発言に、千草は訝《いぶか》しげな顔をする。それはそうだ。小督が担ぎ込まれる直前まで、勾当内侍も含めた三人で、少納言の偽りの真偽に首を傾《かし》げていたのだから。

ところがである。

「そんな誤解をなされていたのですか」

小督が大袈裟《おおげさ》に驚いた顔をする。

「それはちがいます。確かに少納言に血縁はおりませぬが、恩義のある方が病床《びょうしょう》にあるのだと申しておりました」

なにを言っているのだといわんばかり。少納言を疑っている伊子を責めているような節さえある。

そう出てきたかと、少しばかりの腹立たしさは感じた。

とはいえ小督は二十《はた》歳の、もはや中堅所の腕利《うでき》きの女房である。とりかえ騒動の時の十四歳の沙良のように、潔《いさぎよ》いだけでは物足りない。後宮に長く暮らす女として、これで良いのだろうと伊子は思い直した。

しかし自分とて、彼女達を束ねる存在である。侮《あなど》り易し相手だと思われるわけにはいかないのだ。

「ならば少納言に、直接尋ねてみましょう」

「え？」

小督は短く声をあげた。千草がどうするのだという顔をしている。なにしろ山のようにいた縁ある男の家を虱潰《しらみつぶ》しに捜したが、いまのところ少納言の行方はようとして知れていないのだ。

そんなことは百も承知。だが伊子の推察通りであれば、居所はおのずと導かれる。

本当は確認を取ってからにしたかったが、ここは敢《あ》えて鎌をかけてみることにする。

「四条の邸《やしき》に遣いを出します」

あんのじょう、小督は身を固くした。

「四条？」

千草がはっとしたように口許《くちもと》に手を当てた。御簾《みす》向こうの勾当内侍も、どうやら気づいたようである。ただ一人、嵩那のみは意味が分からずに戸惑っている。彼にはあとで説明するとして、まずは話を進めなければならない。

伊子は声を低くして、小督に呼びかけた。

「もっと近くにおいでなさい」

一瞬は戸惑う素振りを見せたものの、小督は素直ににじりよった。伊子も茵《しとね》から下りて距離を詰める。薄い御簾を通して、相手の呼吸音が聞こえるほどに近づきあう。

「かような乱暴を働くような御仁《ごじん》。たとえ身分があろうと、あなたにふさわしい夫とは思えませんね」

静かに告げると、小督は背中を突かれたように顔をあげた。はっきりと視線が重なったあと、伊子が大きくうなずくと、日頃は感情がうかがえない小督の切れ長の目がわなないた。

「おそれいります」

低い声ながら、はっきりと小督は述べた。

「偽りを申したのは私。少納言は、ただ私を助けようとしてくれたのでございます」

御簾際から元の座に戻ると、小督はあらためて次第を語りはじめた。

治部少輔《じぶしょう》から両親を通して結婚の申しこみがあったのは、今年の頭の頃だった。

それなりの身分を持ち、外面《そとづら》だけは良いこの男は、すぐに小督の両親の気に入るところとなった。しかし御所務めで彼の軽薄な部分を知っていた小督は、この結婚に少しばかりためらいがあった。

　とはいえ自分とて完璧《かんぺき》な人間ではない。物堅いと言えば褒め言葉だが、朴念仁《ぼくねんじん》で融通《ゆうずう》が利《き》かない女であることは自覚している。治部少輔に気になる部分はあるが、それはお互い様だ。話しているぶんには楽な相手だし、許婚《いいなずけ》だと意識していればそのうち良いところも見えてくるだろうと、諦観《ていかん》にも近い気持ちでこの婚約を受け入れた。親が決めた意に添わぬ結婚に対する娘の気持ちなど、たいていこんなものだ。

　ところが小督は、早々に治部少輔に反感を持つことになる。

　まず宮仕えを辞めることを前提に話を進め、小督がいくら出仕を続けたいと訴えても聞く耳を持たなかった。そういう男は珍しくないが、なにより腹立たしかったのが「それが普通」だとか「女の在るべき道」だとか、ことさら常識を理由にあげることだった。

　小督からすれば、それは一般論であっても絶対的に正しいたった一つの道ではない。もっと手厳しく言えば、治部少輔の願望にすぎない。もし彼が「自分は妻には家を守って欲しいと思っている」と言ったのなら、まだ納得ができた。それが殊更《ことさら》常識人ぶって、己の願望を世の正論だと振りかざす姑息《こそく》な態度が鼻についてしかたがない。

　しかし最大の気がかりは、別にあった。

　それは最近になって表れはじめた、治部少輔の乱暴なふるまいだった。

辞官にかんして話しあうと、理屈ではいつも小督が一枚上で、それを治部少輔が常識を盾に黙らせようとするという展開になった。それでも小督が理詰めで反論することを止めなかったので、最終的には治部少輔がふて腐れて終わっていた。

それが近頃は、感情に任せて小督を突き飛ばすなどの粗暴なふるまいが目立ってきたのだという。打ち据えるとか蹴《け》り飛ばすような暴力はなかったが、それでも床や柱に打ち付けられて青痣《あおあざ》ができた。

「それでこの結婚に戸惑いを覚えはじめた頃、少納言が忠告してくれたのです。余計なおせっかいかもしれないけど、あの男はあなたのような娘には似合わないと」

ここに至るまで小督は、一度も言いよどむことなく語りつづけていた。伊子に動機を完全に見抜かれたうえ、少納言の隠れ先まで突き止められたのだからもはや観念したとみえる。

「少納言の忠告に、私はすがるような気持ちになりました。それで彼女に、治部少輔様に抱いた不信や不安をすべて打ち明けました。すると少納言は、それはけして杞憂《きゆう》ではないと肯定してくれました。頻繁《ひんぱん》ではないにしても彼は女に手をあげる男で、このままでいけばいずれ私も被害を受けるであろうと言われました」

ということは、少納言も被害を受けたのだろう。

もちろんそういう男がいることは知っている。千草の最初の夫がそうだった。酒が入ると女や子供等、自分より弱いものに対してだけ暴力をふるった。

小督のここまでの告白で、大方のからくりが見えてきた。

先に二人の女房が退いたのはもちろん偶然だが、小督もなんとか結婚を遠ざけようとそれを利用していたのはまちがいない。そんなところに伊子が露顕《ところあらはし》の許可を出してしまったものだから、困り果てた小督が少納言に相談した結果、今回のとつぜんの宿下がり願いとあいなったわけだ。

（それじゃあ、下賜《かし》された衣など受け取れないはずよね）

素知らぬ顔でまんまとせしめることができぬあたりが小督らしい。ちなみに少納言の隠れ先は、伊子の推察とおり小督の持ち家となった四条の新居であった。

伊子は皮肉と呆《あき》れを交えた口調で言った。

「あなたと少納言が、さように仲が良いとは意外でした」

「……いえ」

小督は戸惑いがちに返す。

「さして仲良くしていたわけでもありませぬ。ゆえに少納言も、あくまでも見かねて口を挟んだという程度で、説得までするつもりもなかったようでした。されど私が治部少輔様を遠ざけたがっていることを知って、色々と助言をくれるようになったのです」

治部少輔との過去の関係を考えれば、少納言の忠告は恋人を奪われた女の僻《ひが》みからの嫌がらせと受け取られかねないものだった。そのあたりの自分の風評をよく理解しているであろう少納言は、まともに受けとめてもらえないことも覚悟していたのだろう。

それでも言わずにいられなかったところに、少納言という女房の情の厚さを感じた。

さようなずる賢い真似《まね》をいたす女子ではない、という勾当内侍の一言は当たっているのだろう。

あるいは勤勉で誰に対しても分け隔《へだ》てなく接する小督《こごう》には、少納言も一目置いていたのかもしれない。恋愛がらみで一部の女房達からひどく恨まれている少納言だが、小督はあの鼻つまみ者の右近にさえ、同僚として普通に接することができた女房だ。尻軽女とののしられていることなど敬遠する理由にはあたらない。

一連の伊子と小督のやりとりを、嵩那をはじめとした三人はあ然として聞いていた。やがてわれに返ったように勾当内侍が口を挟む。

「意に添わぬ結婚を避けたいという、そなたの気持ちは分かります。されどこのような真似をしたところで、所詮《しょせん》は小手先だけで問題を先送りにしているにすぎませぬ」

「それはもちろん承知しております」

勾当内侍の指摘を、小督は素直に認めた。

「ですからまずは叱責《しっせき》を受けることを覚悟のうえで、両親にこの婚約を破棄《はき》してもらうように頼みました」

色々と企《たくら》む前に、まずは真っ当な手段で解決を試みる。この考え方がとても小督らしいと伊子は感じた。それが第三者である少納言まで巻きこんだ企みに転じた理由は、小督の両親が破棄を認めなかったからであろう。

「ですが我儘《わがまま》を申すなと叱《しか》られてしまいました。確かに治部少輔様は、条件だけ言えば申し分のなき婿がね。人当たりも良いので、大和《やまと》に赴任《ふにん》にして日常的に顔をあわせぬ父には理解してもらえませんでした」

予想通りの結果に、伊子はため息をついた。

大和守《やまとのかみ》は四十後半くらいだと記憶しているが、確かにその世代の男に小督の嫌悪感は理解できないかもしれない。物騒な話だが小督が骨の一本や二本でも折られていたらさすがに結婚を取りやめさせただろうが、現状では突き飛ばされただけである。

性格的な問題にかんしても、伊子は治部少輔を知っているから納得できるが、大和守は結婚前の娘が不安定になっているだけだと軽く考えたのではあるまいか。あるいは性格面にかんしてだけ言えば、それは婿としてたいした瑕疵《かし》ではないと思っているのかもしれない。

男だけではない。女の中にも、伊子や小督にとっては鼻についてしかたがない治部少輔の横柄《おうへい》さが、男ならとうぜんのことだとまったく気にならない者が少なからずいる。それは育ちや価値観のちがいで、どちらが正しいというものでもない。

だが伊子は癪《しゃく》に障《さわ》ってしかたがなかったし、小督にいたっては嫌悪感すら覚えてしまっている。まして彼ははずみであっても、暴力をふるうという危険な因子を抱えている。

「ひょっとして少納言も、治部少輔の人柄を厭《いと》うて、彼に見切りをつけたのですか？」

治部少輔本人からは、小督との婚約をきっかけに別れを告げられたと聞いた。人の恋人を奪うのはかまわないが、自分が奪われるのは我慢ができないと嘯《うそぶ》いていたということだったが。

伊子の問いに小督は深くうなずいた。

「さように申しておりました。以前よりずっと別れたいと望んでいたとのことですが、さりとて一方的に告げてああいう男の面子をつぶしては面倒なことになりかねない。別れ話を切り出す頃合をうかがっていたところ、私との結婚話を言われて、まさに好機ととらえたのだと言っていました」

さすがというべきか、少納言のほうが一枚も二枚も上である。治部少輔は、少納言が未だ自分に未練を持ちながらも、誇りゆえに別れを告げたと思いこんでいる。なにしろ少納言が自分を逆恨みして今回の騒動を引きこしたのではと言っていたのだから。

おめでたすぎて、嘲笑《ちょうしょう》を通り越して冷笑が漏《も》れてしまう。

とつぜん、それまで黙っていた嵩那が口を利《き》いた。

「されどこの経緯を話せば、大和守も婚約破棄には納得されよう。いかに故意でなかったとしても、娘を高欄《こうらん》から突き飛ばしておいて、救護もせずに逃げ出すような男を婿に迎えようなどと考えぬであろう」

口論の末に突き飛ばしたというだけなら、はずみであろうと目を瞑《つむ》れるやもしれぬ。だがこの仕打ちは、親として見過ごせないはずだ。色好みや多少の横暴さは〝男だから〟ということで大目に見てもらえても、この臆病《おくびょう》さはひどすぎる。それこそまさに〝男のくせに〟である。

「そなたが望むのなら、私が大和守に証言してやってもよいが」

転落現場を目にしたゆえもあろうが、嵩那はひどく腹立たしげだった。

対して小督の反応はうかない。本来であれば願ってもない提案であろうが、彼女自身に伊子達を謀《はか》ったという負い目がある。その伊子達を前に諸手《もろて》をあげて、是非《ぜひ》にとは言いにくいだろう。

もちろん伊子のほうも、立場上なんの咎《とが》めもしないというわけにもいかない。

はて、どうしたものかと思い悩んでいると、勾当内侍《こうとうのないし》が力強く言った。

「ぜひそうなさい。この好機を逃しては、ずるずると結婚をさせられてしまいますよ」

らしからぬ大胆《だいたん》な勾当内侍の忠告に、伊子は目を瞬かせる。

いままでの彼女なら、内侍司《ないしのつかさ》の管理職としての立場を慮《おもんぱか》って、小督を諫《いさ》めることを優先したはずだ。

それだけ治部少輔に対して、危機感を持ったのであろう。

好き嫌いや相性の問題ではない。それだけなら勾当内侍はここまで強く言わない。酒癖《さけぐせ》が悪い。日常的に暴力をふるう。冷血漢である。そんなあからさまな欠陥がなかったとしても、人を突き飛ばしておいて保身のために立ち去ってしまうような自分本位な人間が、どうして家庭を守ることなどできようか。最低限の責任を取ることさえできないというのに——。

こんな男と結婚してはいけない。

それは長年の宮仕えで、何人もの女房達の結婚、離婚を見てきた勾当内侍の経験上の忠告なのだ。

「……勾当内侍様」

小督は声を震わせた。その反応で伊子は理解した。どれほど冷静に装《よそお》っていても、小督は本当に治部少輔との結婚を厭《いと》っていたのだ。いや、嫌悪だけではない。突き飛ばされるなどの乱暴な仕打ちを受けるようになってからは、それがいつ拳《こぶし》や蹴《け》りに変わるか脅《おび》えていたにちがいない。勇気を持って訴えてみても、男の外面のよさに騙《だま》された父親にはねつけられた。そのときのこの娘の絶望と孤独はいかほどのものだったのか。

そんな小督に手を差し伸べたのが、少納言だったのだ。これまでその物堅さから、どんな同輩《どうはい》にも分け隔《へだ》てなく手を差し伸べてやってきた小督の窮地《きゅうち》を、少納言は見過ごすことができなかったのだ。

たとえ人から尻軽女と謗《そし》られようと、許婚《いいなずけ》を突き落としておいて逃げ出すような男よりよほど人品があるではないか。

ならば、どうしてこの二人を責めることができようか。

「私も、勾当内侍の言うとおりだと思います」

おもむろに伊子は言った。

「小督。これは命令です。式部卿《しきぶのきょうの》宮《みや》様に証言を頼みなさい。私のほうからも、あなたのお父君に文《ふみ》を書きましょう」

息を呑《の》む気配が伝わり、やがて小督は恐縮したように深々と頭を下げた。その背中を勾当内侍が優しくさすった。

勾当内侍に連れられて、小督は自分の局《つぼね》に戻っていった。

二人を見送ってから、嵩那が尋ねた。

「大和守への文はいかがなさいますか？　私が書いてもかまいませぬが、大君《おおいきみ》が書かれるおつもりなら、私が証言すると申している旨《むね》をお伝えいただければ、そのほうが内容は統一できるかもしれません」

なるほど、そうかもしれぬと伊子は思った。二人で別々に書いてしまっては、内容に齟《そ》齬《ご》が生じて大和守も混乱するかもしれない。

「さようでございますね。では、私が書きますわ」

今日のうちに書いてしまえば、所謂《いわゆる》畿内の範囲。明日か明後日には届けることができるだろう。大和守の返事はそのあとか、あるいは当人があわてふためいて上京するかもしれない。いずれにしろ数日で片はつくであろう。

「あの、姫様……」

珍しく遠慮《えんりょ》がちに千草が口を開く。

「？」

「小督がいる前では言いにくかったので黙っておりましたが、実は先月の淵酔《えんすい》での騒ぎのとき……」

不快な記憶に、伊子は眉根《まゆね》をよせた。大嘗祭《おおなめさい》で催《もよお》された殿上人達《てんじょうびと》の淵酔。その参加者達が、五節所《ごせちどころ》に侵入して女達に狼藉《ろうぜき》を働こうとしたのだ。騒動は未遂《みすい》に終わり、彼らの身分が高かったこともあり不問に付されていたのだが。

「あの中に、治部少輔がおりました」

「!?」

「そういうことをする輩《やから》ですから、そのうち小督のもとに忍びこんでよからぬことをしでかすやもしれませぬ」

伊子は自分の顔が強張《こわば》っているのを自覚していた。千草が小督の前で言うのを遠慮したのは、こんなことを聞けば彼女が脅えてしまうと考えたからだろう。

内侍司の女房を突き落として逃げさった。こんな不祥事《ふしょうじ》が明るみに出れば、御所での評判は地に落ちる。とうぜん大和守からも婚約破棄を言い渡されるだろう。

だがその前に小督を自分の妻としてしまえば、世間はよくある夫婦のいざこざとして見ないふりをしてしまう。そして男が女を強引に妻とする手段は決まっている。

「治部少輔は、御所の女房達に伝手《つて》を持っております。そのうちの誰かに手引きさせ、小督の局にしのびこむことなど容易《たやす》きことかと」

千草の懸念《けねん》に、伊子は舌打ちさえしたくなった。

情けない話だが、それが本当のところだ。頼みこまれて根負けした。元々が縁故であったから情にほだされた。あるいは金子《きんす》を貰《もら》ったなどで、主人や同輩を裏切る女房は枚挙《まいきょ》に遑《いとま》が無い。そうして侵入されたあげく手籠《てご》めにされた女は、その男の妻となることを受け入れ、もしくは男がほんの気まぐれであったのなら、慰《なぐさ》み者として泣き寝入りをするしかない。五節所で拉致《らち》されそうになった女房達などは、後者の対象だったのだろう。意に添わぬ男に強引に妻にされるぐらいなら、いっそ泣き寝入りのほうがましかもしれないが。

伊子はぎりっと奥歯を嚙《か》みしめた。

腹が立ってしかたがない。男だというだけで、女のすべてを自分の意のままにしてよいと考えている。もちろん全ての男がそうだとは思わないが、少なくとも治部少輔は素直にそう考えている。

「では大和守の返事が来るまで、小督を私の邸《やしき》に匿《かくま》いましょうか?」

その嵩那の提案は、良案と言えた。治部少輔がいかなる伝手を使って小督の行方《ゆくえ》を捜したところで、嵩那の邸は思いつくまい。仮に気づいたとしても、二品親王《にほんしんのう》の邸に忍びこむなどできるわけがない。その間に婚約破棄となれば、治部少輔も諦めざるを得ない。なにしろ舅《しゅうと》を怒らせてしまえば、妻の実家からの援助が受けられなくなってしまう。つまり結婚をする意味がなくなってしまうのだ。

しかし、伊子は大きく首を横に振った。

「それでは面白くありませんわ」

「え!?」

御簾《みす》向こうで嵩那が間の抜けた声をあげる。

かまわず伊子は傍《かたわ》らにいた千草を見る。阿吽《あうん》の呼吸を持つ乳姉妹《ちきょうだい》は、伊子の心中を察したとみえ、期待にその瞳を打ち震わせている。

一拍置いて、嵩那も気づいたのだろう。

「なにを企《たくら》んでおいでですか?」

呆《あき》れ半分、期待半分といった口調で嵩那は問うた。

実は、と伊子が声をひそめて計画を話すと、さすがに彼も絶句した。

「……まことに、さようなことをなさるおつもりですか?」

「もちろん」

伊子は声を弾ませた。

「されど治部少輔《じぶしょう》がけしからぬ真似《まね》をしなければ、なにごとも起こりませんもの」

「そりゃあ、そうですけど……」

若干《じゃっかん》引き気味に応じたあと、嵩那はぽりぽりとこめかみを掻《か》いた。もしかしたらさすがに可哀想《かわいそう》だと思っているのかもしれないが、知ったことではない。千草にいたっては、話を聞いた段階ですでに大乗り気だ。

「姫様ってば、本当に冴えていらっしゃる。よくもまあ、そんな容赦《ようしゃ》ないことを考えつきますね。妲己《だっき》（中国殷《いん》王朝・紂王《ちゅうおう》の妃。残虐《ざんぎゃく》な悪女として名高い）もびっくりですよ」

興奮のままに千草は言うが、いつものごとく褒められた気がぜんぜんしない。

そんなこんなで乳姉妹であれこれ計画を練《ね》っていると、御簾のむこうで嵩那が苦笑めいたものを漏《も》らした。

「すっかり、お元気になられたようですね」

「え？」

「寝込んでおられると聞いて気にはなっていたのです。されど大事でなければ、見舞いにうかがっても気を遣わせて却って迷惑だろうと遠慮しておりました」

そう言われるまで伊子は、自分が昨日まで寝込んでいたことをすっかり忘れていた。

それにしても、こんな復讐《ふくしゅう》まがいの画策をすることで元気になったと認識されるのはなんとも決まりが悪い。

「はい、なんとか……」

「よろしゅうございましたね」

なんの屈託もない晴れやかな嵩那の声に、しばらく忘れていた胸の痛みがまたよみがえった。

御前試《ごぜんのこころみ》が終わったあとの五節所で、嵩那は伊子の惑いをはっきりと見抜いていた。そのうえで彼は、自分の決意は揺るがないとはっきりと告げた。思うところは必ずあるはずなのに、それ以降の嵩那の言動に伊子を責めるようなものはなかった。

迷いのない帝《みかど》の一途《いちず》さにもけして挫《くじ》けない、嵩那の精神《こころ》の強さ。

立場がある二人はけして事を荒立てず、そのくせ一歩も引くことはない。二人の気持ちのありようが、伊子には眩《まぶ》しすぎる。

口ごもる伊子に対し、嵩那のほうは平然としたものだった。

「とはいえまだ病み上《あ》がりですから、あまりご無理はなさらぬよう」

朗《ほが》らかに述べると、彼はゆっくりと腰をあげた。

それから幾日もしないうちに、小督《こごう》と治部少輔の婚約は解消となった。

急遽《きゅうきょ》上京した大和守《やまとのかみ》は、まずは面識のある嵩那にその旨《むね》を告げた。そして嵩那の口から伊子に伝えられたのだった。ちなみにそのときには体調はすっかり回復しており、すでに出仕は再開していた。

「正直、大君の文だけでは半信半疑でまだ躊躇《ためら》う部分もあったようですが、上京して例の樋《ひすまし》の件を知ってからは、かように恥をさらした男など婿には迎えられぬと、たいそう立腹していたとか……」

言いながら嵩那は、笑いを堪《こら》えるようにときどき肩を震わせていた。伊子はそれに気づかぬふりをして、澄ましたまま答える。

「確かに、私は大和守と一面識もありませぬから。いくら文で訴えたところで、治部少輔のほうを信じたいと思うのが人情でしょう」

「だからこそ、大君の企みが功を奏したというものです」

いよいよ堪えきれなくなったのか、嵩那は背をそらして大爆笑をした。

企みを聞いたときは若干《じゃっかん》引き気味だったくせに、次第と結末にどうやら同情も吹っ切れたようである。もともと小督に対する治部少輔のふるまいを目の当《ま》たりにしてたいそう怒っていたから、胸がすくところもあったのだろう。

ざまあみろと言わんばかりに千草が言う。

「とうぶんの間、治部少輔様はバツが悪くて参内《さんだい》できないでしょうね」

伊子が練《ね》った案は、汚物が入った樋《ひすまし》（便器）を治部少輔に踏みぬかせることだった。

あの事件が起きた夜、内密のうちに小督を勾当内侍《こうとうのないし》の局に避難させた。そのいっぽうで女房達の間には、小督が療養のために梅壺《うめつぼ》で寝泊まりをすると噂《うわさ》を流させた。妃不在の梅壺は、直廬《じきろ》としても使われずに長らく無人であった。そこに古い筵《むしろ》や板を使って寝所を偽装し、並々と汚物が溜まった桶を置いていたのだ。

けしからぬことをしようとして治部少輔が忍びこまなければ、何事も起こらなかった。しかし彼は小督を手籠めにしようと忍びこんだ。そうして暗い中で桶をひっくり返して悲鳴をあげてしまい、駆けつけた衛士《えじ》や女房達、あげくは宿直所《とのいどころ》にいた貴族達にまで汚物にまみれた姿を見られてしまったのだ。

まさしく羞恥《しゅうち》の極《きわ》み。なにより体面を気にする貴族にとって、こんな恥をさらした男を婿になど迎えられるわけがない。事情を聞いた大和守は、元々伊子から伝えられていた懸念もあって、すぐに婚約破棄《はき》を決めたということだった。

すべてがうまく行き過ぎて、ちょっと怖いくらいであった。臭《にお》いをごまかすため思いっきり香を焚《た》かなければならなかったのは痛い出費だったが、それなりの成果を得たからよしとする。端女《はしため》達に余計な仕事を増やしてしまったことは申しわけなかったのだが。

「そういえば小督と少納言の二人が、掃除に当たった端女達に唐菓子《からくだもの》を与えてやったそうですね」

誰から聞いたのか嵩那の言葉に、伊子は微笑を浮かべてうなずいた。

翌日戻ってきた少納言にかんしては、勾当内侍に任せて伊子は問い詰めなかった。多少は叱《しか》られただろうから、それで十分だ。それよりも小督と少納言が伊子の意を汲《く》み、端女達に配慮《はいりよ》したことが心強かった。

あの二人。特に小督は、後宮としては絶対に手離せない人材だ。いつか自分や勾当内侍が退いたとき、小督は後宮《ここ》をしっかり切り盛りができる辣腕女官《らつわんにょかん》となっているだろう。

「まことに頼もしい女房達ばかりで、私も勾当内侍も先が安心というものです」

「ご冗談を。まだまだ退かれるおつもりなどないでしょう」

からかうように返され、伊子は目を瞬かせる。

御簾向こうで嵩那は、くすりと声をたてて笑った。

「だってそうでしょう。かようにいきいきと仕事をなされておいでなのに」

「……」

まるで自分のことのように、嵩那は喜ばしげに語る。

朗らかな物言いが、耳に心地よい。

やはり自分の目は肥《こ》えすぎているのだと伊子は思った。あまりにも眩しい殿方《とのがた》達を目にしすぎたことで――。

そのときだった。

一人の女房が、斎院御所《さいいんごしょ》からだという文を運んできた。

「姉上から？」

嵩那は打って変わったように、露骨に面倒臭《めんどうくさ》げな声をあげた。

苦笑いをしながら文を解いた伊子は、ざっと一読して首を傾《かし》げた。内容はいつものごとく、こちらの都合も顧《かえり》みずに用事ができたから来て欲しいというものだったのだが。

「なんと書いてあるのですか？」

考えこむ伊子に不審を抱いたのか、嵩那が尋ねた。伊子はもう一度文に目を落とし、内容を確認してから言った。

「入道《にゅうどう》の女宮《おんなみや》様のことで、なにか相談をなさりたいと――」

伊子の答えに、嵩那は手にしていた扇をぽとりと落とした。

第三話
自分自身が分かっていればよいこと

師走《しわす》の十九日より催《もよお》される『御仏名《おぶつみよう》』は、罪障《ざいしよう》の懺悔《ざんげ》と滅罪《めつざい》を祈る法会《ほうえ》である。御所では清涼殿《せいりようでん》に仏壇《ぶつだん》を設《しつら》え、地獄図を描いた屛風《びようぶ》を飾って三夜通して行われる。

とつぜんの一報は、その少し前となる師走の上旬《じようじゆん》に舞いこんできた。

「実は東山《ひがしやま》にお住まいの入道の女宮から、今年の地獄図の屛風を是非《ぜひ》とも献上させて欲しいとのお申し出があった」

帝《みかど》の口から直々に告げられた報せに、孫廂《まごびさし》に居合わせた朝臣《ちようしん》達は揃《そろ》って目を円くした。

彼らのその反応が愉快でたまらぬとでもいうように、帝は得意げな笑みを浮かべてつづける。

「そのうえで今年の御仏名には、是非とも参加させて欲しいとも仰《おお》せになられた」

朝臣達の間に驚きの声が上がる。

「入道の女宮様が!?」

「なんと、それがまことであれば何年ぶりの御参内《ごさんだい》になりましょうや」

「まことに。この中にも面識のない者がいるのではないか？　少納言殿など知らぬであろう」

「ええ。お名前は存じておりましたが、面識はございませぬ」

困惑を隠さない朝臣達の中で、はじめて歓迎の意を示したのは顕充《あきみつ》だった。

「それはげにありがたきお話ではありませぬか。入道の女宮様は、全国の名立たる寺社に人脈をお持ちと評判の御方。なればさぞかし見事な地獄図をお納めくださるでしょう」

顕充の言葉に、帝は上機嫌でうなずいた。

「よう申してくれた、左の大臣。実を言うと、私もいまから楽しみでならぬのだよ」

この帝の反応は、朝臣達には予想外のようだった。

一瞬虚をつかれたようになったあと、彼らはあわてて態度をとりつくろう。

「そう言われれば、南大和《みなみやまと》の寺の名人に何作も納入させていると聞いたことがあります」

「数年前に入道宮様が手がけられた法会は、極楽浄土《ごくらくじょうど》もかくやという美しい催《もよお》しであったと評判でしたな」

「されどあまりに渾身《こんしん》の力作を提供されてしまっては、女房達が怖がって務めを果たせぬやもしれませぬぞ」

面白おかしく誰かが言ったところで、居合わせた者達がいっせいに笑った。

和《なご》やかになった雰囲気《ふんいき》の中、帝の傍《かたわ》らに控えた伊子《かのこ》は、扇の裏でこっそりと苦虫《にがむし》を嚙《か》みつぶしたような表情を浮かべていた。

（入道の女宮様ね……）

一昨日の斎院御所で、その人となりをたっぷりと聞かされてきたばかりである。

人々があれこれ噂話《うわさばなし》に花を咲かせる中、それまで黙っていた右大臣《うだいじん》が言った。

「それにしても長らく御所から遠ざかっておられた入道の女宮様が、いったいどういう風の吹き回しで」

そのせつな、辺りの空気が張りつめた。

和やかな空気に水を差す発言ではあるが、多少なりとも皆が引っかかっていたことではあったのだ。もちろん伊子も――。

「そうでございましょう。二十年以上も前の先々帝様の一周忌《いっしゅうき》を最後に、御所を遠ざかっておられた御方だというのに」

右大臣の皮肉めいた物言いは、入道の女宮の参内を、素直に喜ぶ帝にちくりと釘を刺したのかもしれない。

何十年も前に行われた先々帝様の一周忌を最後に、御所から遠ざかっていた。

長く御所にいる者なら、この言葉の裏にある右大臣の真意は分かるだろう。なにしろ入道の女宮は、神無月《かんなづき》に行われた先帝の一周忌には参加をしなかったのだ。

老齢で、しかも出家《しゅつけ》をした女人《にょにん》の身では気軽な参内など叶わぬとも考えられるが、今月の『御仏名』には参加するというのだから矛盾《むじゅん》する。

「さようにご懸念《けねん》なさることもございますまい」

高らかに声をあげたのは、新大納言だった。伊子は檜扇《ひおうぎ》越しにその顔を見やった。薄い唇は酷薄《こくはく》そうで、よくも悪くも人間臭《にんげんくさ》い右大臣とは対照的だ。

「先帝様の一周忌が終わったことで、長年のわだかまりを忘れて以前のように打ち解けたいという御心をお示しになられたのでしょう。それが証拠に入道宮様は、五節《ごせち》の舞姫の援助を買ってでてくださり、大嘗祭《おおなめさい》の成功に貢献してくださったではありませぬか」

確かに新大納言の指摘は、的《まと》を射《い》たものであった。

今上《きんじょう》の大嘗祭での援助につづいて、今回の御仏名の参加表明。これらを長年御所から遠ざかっていた入道の女宮の、再び近づきになりたいという意志表示だと考えることに無理はない。

しかし右大臣からすれば、入道の女宮は忌々《いまいま》しい存在でしかなかったのだ。

右大臣派と新大納言派。双方の舞姫達への援助は、当初は右大臣側に偏《かたよ》って歴然とした差がついていた。

それをうまく収めてくれたのが、入道の女宮の支援だったのだ。虫の好かない新大納言に圧倒的な優位を見せつけてやるつもりだった右大臣の目論《もくろ》みは脆《もろ》くも崩れ去った。

ばちばちと火花を散らしあう二人の月卿《げっけい》に、周りの者達は〝触らぬ神に祟《たた》りなし〟とばかりにしらんぷりを決めこんでいる。

大嘗祭以降、頻繁《ひんぱん》に見られるようになった光景に伊子はげんなりとなった。

（本当に、この御二方ときたら……）

ちらりと目をむけると、帝が不安と不快がないまぜになった複雑な面持《おもも》ちで臣下達の対立を見つめている。伊子のように軽蔑《けいべつ》交じりではなく、少なからず心を痛めていることが見てとれた。

伊子は助けを求めるつもりで孫廂に視線を戻した。すると察したかのごとく顕充が口を開いた。

「入道の女宮様がさようにお考え下されているのなら、それはまこと喜ばしきこと。われらも以前のように、入道宮様を温かくお迎えしようではありませぬか。それが御兄弟であられる先々帝と先帝の御遺志にも、きっと添うものでありましょう」

まさしく正論を、一《いち》の人《ひと》に言われては反論のしようがない。右大臣と新大納言は気まずげに口を噤《つぐ》み、帝の表情が明らかに和《やわ》らいだ。

胸を撫《な》で下ろしながらも伊子は、右大臣達に対して腹立たしさを覚えていた。

ただでさえ心労が多い立場の帝を、これ以上煩《わずら》わせないで欲しい。いかに帝とはいえ十六歳の少年に対し、不惑も過ぎた、あるいは達しようという年齢の、責任ある立場にある者達がこんな下らない諍《いさか》いを見せつけるなど大人気《おとなげ》ないにもほどがある。

その後はなんとはなしに話が終わり、朝臣達はそれぞれに下がっていった。

孫廂に人がいなくなると、帝は肺の奥深くから吐いたような深いため息をついた。

「お疲れでございましょう。しばらくお休みくださいませ」

伊子が促すと、帝ははっとしたように顔をむける。少年の血色は良好だが、気疲れの色は隠せない。それもそのはず。ここにきて右大臣達の対立が顕在化した理由は、彼の女御である桐子《ひさこ》の出産が近づいていることもあるのだ。

順調にいけば如月《きさらぎ》の終わり頃には産まれるであろう御子が男子であれば、間違いなく有力な東宮《とうぐう》候補になる。いっそそれが決まっているのなら却って気楽なのだが、顕充がいる現状では、産まれたばかりの親王を東宮にごり押しできるほどの権勢は右大臣にはなかった。茈子《さいこ》も含め、今後入内《じゅだい》するであろう他の妃達の動向を見ながら、数年は駆け引きがつづくであろう。もちろんその中には、新大納言の姫も入ってくる。後継問題の渦中《かちゅう》に立たされるであろう将来を考えれば、気持ちも重たくなってとうぜんだった。

「そうだな…少し横になろうか」

苦笑交じりの帝の答えを受け、伊子は女房達に命じて設《しつら》えを整えさせた。

帝が昼間にまどろむ場所は、たいていは昼御座《ひるのおまし》の後方に備えた御帳台《みちょうだい》の中である。衾《ふすま》を持った伊子が帷《とばり》の中をのぞくと、帝は片膝を抱えこんでなにやら思案している。白い袍《ほう》の襟元（えりもと）は解いて、中に着た袿（あこめ）がのぞくくつろいだ姿だ。

「右の大臣（おとど）にも困ったものだ」

ぽつりと帝は言った。伊子は入り口付近の狛犬（こまいぬ）の鎮子（ちんし）の傍（かたわ）らに座り、黙って次の言葉を待った。

「入道の女宮様がせっかく心遣いを見せてくださったというのに、あのように疑いを口にするなど失礼ではないか」

「お気になさいますな。あれは新大納言への嫌がらせで、右の大臣が入道の女宮様になにか疑念を持っているというわけでもありませぬでしょう」

そうなだめると、帝は渋々ながら「それは私も分かっている」と言った。

「されどかようなことが入道の女宮様に耳に入りでもしたら、せっかくの善意に対して申しわけがないではないか」

「……」

帝の真意に伊子は複雑な気持ちになった。

というのもそれが、先日嵩那《たかふゆ》と斎院が揃って口にした、彼らの入道の女宮に対する懸念と差がありすぎたからだ。

一人の人物に対するまったく異なる評価や感情を、伊子はどう判断してよいのか分からなかった。仮に分かったとしても、入道の女宮の善意をまったく疑っていない帝に、とやかく進言することは現状では躊躇《ためら》われる。

ならばいまは、ひとまず帝を安心させることが優先だ。

伊子は帝の足元に、手にしていた衾を掛けやった。

「あまりご心配召されますな。月卿ともあろう方々が、右の大臣のつまらない愚痴《ぐち》をわざわざ入道の女宮様のお耳には入れることもありますまい」

正直に言えば新大納言辺りは怪しいかもしれないが、そこは顕充にでも言い含めておいてもらおう。主上《おかみ》が心を痛めておられると知れば、父はすぐに動いてくれるはずだ。

そのあたりの伊子の意図も含めて察したのか、帝は素直にうなずき横になった。

「どうぞ、ゆっくりとお休みください」

微笑を浮かべて告げると、伊子は立ち上がって入り口の帷を下ろした。

次の瞬間、伊子の表情から微笑《ほほえ》みが消えた。

帝を尽くす尚侍《ないしのかみ》として、慎重に入道の女宮の真意を探らなければならない。強く誓った伊子の瞳は、冴えた輝きを宿していた。

話は一昨日にさかのぼる。

例のごとく強引な要請を受け、伊子は嵩那と時をあわせて斎院御所《さいいんごしょ》を訪れた。

そこで斎院から、入道の女宮が地獄図を準備していること、加えて『御仏名《おぶつみょう》』に参内《さんだい》予定であることをすでに聞かされていたのだった。

これに対して伊子は、新大納言と同じような感想を述べた。

「ありがたいお話ではございませぬか」

「……普通に考えればな」

御座所《おましどころ》で脇息《きょうそく》にもたれた斎院は、いつになく浮かない面持《おもも》ちだった。目が覚めるように鮮やかな瑠璃《るり》色の生地に唐太鼓唐花《からだいこからばな》の地紋。濃き紅糸で鳳凰《ほうおう》の柄を上紋様として織《お》り出した大胆《だいたん》な小袿《こうちぎ》を見事に着こなす艶《あで》やかな美貌《びぼう》も、今日に限っては晴れない。

斎院のはすむかいに座る嵩那も、姉と似たような反応だった。伊子より先に到着し、すでに話を聞いたものと思われるが、憮然《ぶぜん》とした面持ちのままじっと頰《ほお》を押さえている。

日頃は明るい二人のらしからぬ態度に、伊子の胸はざわつく。

「御二方は、入道の女宮様との間になにかあったのですか？」

単刀直入《たんとうちょくにゅう》に訊くと、斎院はむっつりとして首を横に振った。

「なにもない。あの御方は、われらの叔母《おば》じゃ。父帝からすれば、同じ母から生まれたもっとも深き縁の妹君。幼き頃はよく可愛《かわい》がっていただいたものじゃ」

ならば、いったいなにが気になるというのか。しきりに首を傾《かし》げる伊子に、斎院は観念したようにため息をついた。

「されど叔母上《おばうえ》は、異母弟である先帝をひどく嫌っておられた」

伊子はそのときはじめて、先帝を嫌っていたとはっきりと称された人を聞いた。

先帝がその専横ぶりから、皆から恐れられていたという話は耳に胼胝《たこ》ができるぐらい聞かされてきた。考えてみればそれは〝嫌われていた〟にはてしなく近いのだが、身分的なこともあって表現がごまかされてきたのだろう。

「最初からですか？　それともなにかきっかけがあったのですか？」

伊子の問いに、斎院は低く声をもらして笑った。

「いつもながら大君《おおいきみ》は鋭いのう」

「……」

「特に宮仕えをはじめてから、いっそう慧眼《けいがん》が増したようじゃ」

「らしくもないおべっかを聞かされてもむず痒《がゆ》いだけですから、早く言ってくださいな」

少しばかりの皮肉っぽさを交えて言うと、斎院はひょいと肩をすくめた。重かった空気が少し軽くなった。

ぽつり、ぽつりと斎院は語りはじめた。

「きっかけは、先の東宮の立坊《りつぼう》（立太子）じゃ」

斎院が言う先の東宮とは、即位をせずに亡くなった今上《きんじょう》の父宮のことである。先帝の親王で、斎院や嵩那には従兄弟《いとこ》にあたる。元々伊子は、彼のもとに入内する予定だった。

この立坊にかんして少なからず不満が出たことは聞き知っていたが、当時の伊子はまだ裳着《もぎ》すら済ませていない女童だったので、詳細までは知らない。

だがこの歳《とし》になって様々な常識や事情から鑑《かんが》みれば、そこに強引な手法があったことは容易に想像できる。

なにしろ先々帝には、末子である嵩那の他にも何人かの親王がいたのだ。そのうち一人は芘子の父、亡くなった兵部卿宮《ひょうぶのきょうのみや》である。

先々帝は自分の東宮に、わが子ではなく異母弟の先帝を据えた。兄弟で協力しあって国を治めよ。それが彼らの父親である前の帝《みかど》の意向だったからだ。

帝位にかんして言えば、古代より兄弟間での継承はよくあることだった。その場合、新しく即位した帝は自分の東宮には先帝の親王、すなわち甥《おい》を置き、その繰り返しで兄と弟の二統を並列させてゆくことが、暗黙の了解で不文律にも近い慣わしとなっていた。

ところが先帝は即位してすぐには東宮をおかず、その権力が絶対的なものになったところで、自分の息子を立坊させてしまったのだ。そして東宮が早世したあとは、当時はまだ十歳にもなっていなかった今上にその位を後継させた。これにより、先々帝側の系統の排除が確定的となった。それほど強引な真似《まね》を成《な》し遂《と》げられるほど、先帝の権勢は絶大だったのだ。

しかし表立って非難はできずとも、人々の心に芽生《めば》えた反発の芽まで摘《つ》み取ることはできない。先々帝の同母妹である入道の女宮が反発するのは、立場的にとうぜんだった。もっともそれを言うのなら斎院とて同じ立場だし、嵩那や兵部卿宮などはもっと反発して然《しか》るべきだが、伊子は嵩那や斎院からそれらしい不満を聞いたことはない。

「確かに。さような経緯のある御方からのとつぜんの献上となれば、斎院様が不審に思われるのも道理でございますね」

合点《がてん》がいったと相槌《あいづち》をうつ伊子に、斎院は気まずげな面持ちで話をつづける。

「もちろん叔母上が疎《うと》んじておられたのはあくまでも先帝のみで、今上にかんしてはいまさら屈託はお持ちでないと思う。われも今上の優れたお人柄を、叔母上には常々お伝えしてまいったのでな」

そう語る斎院の物言いは、珍しく頼りなげであった。

どうやら入道の女宮の本心にかんしては、言質《げんち》をとったわけでもなさそうだ。むしろそうであれば良いという、願望でしかないのかもしれない。

斎院は今上の養母でもある。それゆえ同じ立場とはいえ、今上に対する感情は入道の女宮とは必ずしも一致しない。

とはいえ先帝のやり方がいかに道義に反していようと、いまさら皇統を戻すことなど考えられない。若く健《すこ》やかな今上にはなんの瑕疵《かし》もなく、そのうえ遠くないうちに子が生まれる予定である。天変地異など世が乱れているわけでもなく、退位をする理由がどこにもない。

道義的に釈然《しゃくぜん》としないものはあっても、天子として誠実に務めを果たす今上の姿を間近に見ていれば、いまさら彼を引き摺《ず》り下ろそうなどと誰も思わない。

浮かない顔をする斎院に、励《はげ》ますような口調で伊子は言った。

「斎院様にとっては、双方ともに縁の深い方々でございますからご懸念《けねん》は分かります。されど非礼を承知で申しあげれば、たとえ入道の女宮様が主上《おかみ》に対してなんらかの屈託をお持ちでも、いまさらなにか事を起こせるとはとうてい思えませぬが――」

「ですがあの御方を怒らせると、色々と面倒なことになるのですよ」

それまでずっと黙っていた嵩那が、とつぜん口を開いた。

「面倒なこと?」

伊子の反問に、嵩那はうなずいた。

「あの御方は、畿内《きない》の寺社との間に強固なつながりをお持ちなのです。それゆえ何千という僧兵や神人《じにん》（神社に仕えた兵）を意のままに操れるのです」

予想外に厄介《やっかい》な真相に、さすがに伊子は狼狽《ろうばい》した。

かつては頻発《ひんぱつ》していた地方での反乱がなりをひそめたこの時代、朝廷にとってもっとも厄介な案件のひとつに、寺社の強訴《ごうそ》があった。彼らは自分達の要求を通すため、腕っ節《ぷし》の強い兵達を使って都を荒らすなどの悪行を働くのだが、神仏の加護を盾にされるものだから朝廷側も容易に鎮められないのだ。

その彼らを自由に動かす力を、入道の女宮が持っているのだとしたら――なるほど、確かに慎重に当たらねばならぬ相手である。

「そのような事情がございましたか……」

「叔母上を刺激してはならぬことは、先帝もよく存じていたのであろう。王女御《おうのにょうご》の入内《じゅだい》を支援したのも、あの姫が兵部卿宮の忘れ形見であったからじゃ。われを今上の養母となしたのも、懐柔《かいじゅう》の一環であったのであろう」

「……」

「そうして己の孫を守るために、先々帝の流れを汲《く》む皇親達をじわじわと懐柔《かいじゅう》しようと謀《はか》ったのじゃ」

そこで斎院は、ふんっと皮肉げに鼻を鳴らした。

「存外に怯懦《きょうだ》な御仁《ごじん》じゃ。さように姑息《こそく》な真似などせずとも、今上はその人品で皆の心を摑《つか》んでおられるというのに」

先帝を怯懦と断言する斎院の気の強さには驚かされたが、今上にかんしての評価は伊子も同意である。もちろん妃の処遇や東宮《とうぐう》の擁立《ようりつ》にかんして、朝臣《ちょうしん》達にもそれぞれ思うところはあるだろうが、品格に対する尊崇《そんすう》は疑う余地もなかった。

とはいえ背景を知ってしまったからには、もはや入道の女宮を無視することはできなかった。地獄図の献上が純粋な善意であればそれで良しだが、念のために彼女の動向には注意を払わなければならないだろう。

「かような経緯もあって、以前より主上は、入道の女宮にはいたく気兼ねしておいであった。主上のお人柄を鑑みれば、それはとうぜんのことやもしれぬ」

されど、そう前置きをして斎院はつづけた。

「われはそれが痛ましく、これ以上御心を煩《わずら》わせたくはないのじゃ」

深いため息をついた斎院に、伊子は自分がここに呼ばれた理由を察した。

御仏名《おぶつみょう》に関する今回の話が、入道の女宮の善意であればかまわない。だが過去の経緯を考えれば、なにか企《たくら》んでいるという懸念も払拭《ふっしょく》できない。

「斎院様、宮様」

呼びかけると伊子は、斎院と嵩那の顔を交互に見た。

「よくぞ教えてくださいました。主上をお守りいたしますことこそ、後宮に仕える者の第一の務め。入道の女宮様が参内なされましたのなら、おそらく御所に局《つぼね》を取られるでしょう。私も細心の注意を払って、失礼のなきようお世話させていただきます」

毅然《きぜん》と宣言した伊子に、斎院は頼もしげに目を細める。

そのはすむかいで同じような表情を浮かべる嵩那の目に、一瞬だけ不安の色がよぎったことに伊子は気づかなかった。

入道の女宮からの地獄絵の屛風《びょうぶ》が納入されたのは、御仏名の前日であった。

法会《ほうえ》に先立ち、清涼殿《せいりょうでん》の東廂《ひがしひさし》で公開された図の見事な出来栄えに、鑑賞にやってきた朝臣達は一様に言葉を失った。

高さは五尺。六枚綴《ひらつづ》りの巨大な屛風には、閻魔大王《えんまだいおう》達の捌《さば》きを受けた亡者達が、様々な形で鬼に責め苦を受ける様が、まるで曼荼羅図《まんだらず》のように緻密《ちみつ》かつ密集して描かれていた。

ぐらぐらと煮立った湯に放りこまれる者。炎の剣で串刺しにされる者。鋸《のこぎり》で身体《からだ》を挽《ひ》かれる者。恐ろしい形相《ぎょうそう》の鬼達は容赦《ようしゃ》なく亡者達を責め立て、どれもこれも阿鼻叫喚《あびきょうかん》の声が聞こえてくるような、すさまじいばかりの図であった。

「これはなんという迫力か」

「陽の光のもとでこそ心を保つこともできますが、夜に目にしたら悲鳴をあげるやもしれませぬな」

「いや、さすが入道の女宮様」

圧倒されながらも朝臣達には献上者を讃《たた》える余裕があるが、女房達などは怖がって袖《そで》で顔を覆《おお》ってしまい、そのまま逃げだしてしまう者までいる有様だ。

ほどなくしてやってきた帝も、あまりの迫力に見た直後は顔を引きつらせた。だがすぐにその表情には感動の色がにじみだす。

「なんと素晴らしい」

ため息混じりに帝は言った。

「いったいわが国のいずこを捜せば、かような名人達がいたものか。色といい、墨線《すみせん》といいまったく完璧《かんぺき》な絵ではないか。しかも屏風そのものの作りも、なんと巧みであることか」

少々大袈裟《おおげさ》ではあるが、帝の大絶賛はけしておべっかではなかった。伊子の目から見ても、献上された屏風は地獄絵としても調度《ちょうど》としても完璧だった。これほどの品を仕上げるために、いったいいかほどの労力を要したものか想像がつかない。

（金銭と人脈の豊かさは、本当の話だったのね）

伊子は帝から一歩下がった位置で、その肩越しに地獄絵を眺めて圧倒されていた。この権勢に加えて僧兵達ですら動かせるというのだから、そりゃあ先帝にとっては脅威《きょうい》の存在であっただろう。脛《すね》に傷を持つ身であれば、なおのこと——。

「ありがたいことだ」

ぽつりと帝がこぼした。

斜め後ろから見る帝の横顔は、静かな歓喜に満たされていた。

伊子の脳裏《のうり》に、昨日の斎院の言葉がはっきりとよみがえる。

——以前より主上は、入道の女宮にはいたく気兼ねしておいでであった。

祖父が行ってきた道理を無視した強引な手法の結果、いまの自分の地位はある。そのためにどれほどの人を嘆《なげ》かせ、怒らせてきたのか。

そのことをこの少年帝は、当事者である先帝よりも強く感じているのだろう。だからこそ献上された屏風の見事さに、入道の女宮の善意を感じて感動している。

入道の女宮の善意——できることなら伊子もそれを信じたい。

だが彼女を良く知る斎院と嵩那が懸念《けねん》を抱いている以上、伊子も疑いを捨てるわけにはいかなかった。そして主上の感動に水を差さぬためには、疑いを表に出さぬよう慎重に動かねばならない。

「あなたはいかが思われる、尚侍《かん》の君《きみ》」

くるりと顔をむけた帝に、伊子は扇の内側で表情を取り繕《つくろ》った。

「げに見事な作ではございます。されどあまりにも恐ろしげで、長くは正視できそうにもございませせぬ」

帝は声をあげて笑ったが、伊子としてはあながち冗談でもなかったのだ。花鳥図とはちがい、地獄絵の緻密さは正視に堪《た》えない。天晴《あっぱれ》な出来であるだけにかえって恐ろしい。

眉《まゆ》を顰《ひそ》めつつ鑑賞していた伊子だったが、ふとある一角に目を留めた。

そこは他の箇所《かしょ》と変わらぬ、亡者達が鬼に責められる様を描いたものであった。膾《なます》切《き》りにされた血まみれの亡者。その横では別の亡者が深い穴に放りこまれ、容赦なく土をかぶせられている。奥に見える燃えさかる建物の中では、子供と思《おぼ》しき小柄な者も含めた亡者達が血まみれで倒れている。さらにその奥には、首、胴、手足と切り刻まれた亡者の身体が、飼葉桶《かいばおけ》にあたかも塵《ごみ》のように放りこまれている。

凄惨《せいさん》にはちがいないが、他の箇所と比べて特別目立ったものではなかった。

だがどうしたわけか記憶が揺さぶられた。初見であるはずの地獄絵に、なぜか既視感《きしかん》を覚えたのだ。

（なんだろう？）

伊子はしばらくそれを眺めていたが、ついに思い出すことはできなかった。

それから入れ替わり立ち替わりに誰かが地獄絵の見学にやってきたが、恐ろしさもあってか、皆長居はせずに帰っていった。明日の御仏名がはじまれば否応《いやおう》なしに見せつけられるのだから、そう凝視する必要もないだろう。

そうして夜も更け、帝が寝所である夜御殿《よるのおとど》にと入御した。

伊子は承香殿《しょうきょうでん》に戻る前に、ふたたび東廂《ひがしひさし》に向かった。昼間に覚えた既視感が気になってしかたなく、地獄絵を確認しようと思ったのだ。千草《ちぐさ》は先に下がらせている。人ならざる者にかんしてはめっぽう怖がりの彼女を、こんなことに付き合わせるのは気の毒すぎる。まったく現実の人間関係にかんしては、こちらがひやひやするぐらいに強気なくせに。

（まあ、私もけして気持ちのよいものではないのだけれど……）

そろそろ子《ね》の刻（この場合は十二時）になろうとしているのに、人気《ひとけ》の無い場所にあのように怪奇な地獄絵を見に行くなど、肝試《きもだめ》しと変わらない。

ぞっとしない気持ちを奮《ふる》い立たせて母屋《もや》を横切ると、暗闇の中にぼうっと明かりが浮かんでいた。不束者《ふつつかもの》が火を消し忘れたのかと紙燭《しそく》を向けると、御簾《みす》を隔《へだ》てた廂に何者かの立ち姿が見えた。明かりは、その人物が手にしているものと思われた。

宿直《とのい》の殿上人《てんじょうびと》か、あるいは蔵人《くろうど》か。彼らはそれぞれ役目を持って、一晩を清涼殿で過ごすことになっている。その彼らがなにか用事があってあんな所に入ってきたものなのか。

「誰ぞ？」

誰何《すいか》に人影がふわりと揺れる。

御簾が割れ、母屋に入ってきたその人物の麗姿《れいし》に伊子は息を呑《の》んだ。

冬の女神、宇津田姫《うつたひめ》が現れたのかと思った。

紙燭の乏《とぼ》しい明かりの中で、雪のように輝く白い髪。

肩より少し下で切り揃えられ、暗い色の小袿《こうちぎ》の上で扇のように広がっている。彼女がまとう紫と白の袈裟《けさ》を目にし、伊子はこの女人《にょにん》が誰であるかを悟った。

「入道の女宮様でございますか？」

数歩前に進み出て、問う。

尼僧《にそう》は言葉では返事をせず、唇の端を持ちあげてこくりとうなずいた。

距離を近めたことで、その迫力をさらに感じる。

先帝の異母姉だというから、古希《こき》に近いはずだ。だがその年齢を納得できるものは白い髪のみ――いや、その髪も豊かに輝いており、白銀と表したほうがふさわしいように思われた。

若い時の美しさも忍ばれるが、歳《とし》をとったことでなお増す威厳を身にまとっている。あるいは肌などは年齢相応のものであったのかもしれない。しかし、すっと伸びた背筋と引き締まった口許《くちもと》。なにより強い光を放つ瞳には圧倒的な生命力が漲《みなぎ》っており、後世を祈る日々を過ごしている人間には、とうてい見えなかった。

圧倒されつつも伊子は、なんとか問いかける。

「貴《とうと》きご身分におありの宮様が、なぜかような夜更けにお一人で？　お知らせいただければ、すぐにお迎えにあがりましたものを」

素直な疑問を口にしたあと、伊子は深々と頭を下げた。

「申しおくれました。私は左大臣《さだいじん》・藤原《ふじわらの》顕充が娘で、尚侍の君《かんのきみ》と呼ばれております。帝《みかど》の尚侍《ないしのかみ》を務めておりまする」

「存じておりますよ」

はじめて耳にした女宮の声は、梟《ふくろう》の鳴き声のように夜気を震わせた。

初対面であるのに矛盾《むじゅん》する発言に、伊子は訝《いぶか》しい思いで目の前の尼姿の女を見た。

「お召し物を拝すれば、おのずと地位は窺《うかが》えますわ」

伊子は自分が、綾織《あやおり》物の唐衣《からぎぬ》を着ていることを思い出した。織物の唐衣を着用することは上臈《じょうろう》にしか許されない。現在の御所で上臈の身分にある者は、伊子と御匣殿《みくしげどの》・祇子《まさこ》の二人のみである。祇子は伊子よりも十歳年少だから、そりゃあ顔を見ればどちらなのかは分かるだろう。

一度納得をしてから、あらためて伊子は訊いた。

「なにゆえ今宵《こよい》の御参内《ごさんだい》を？」

女宮の参内は、明日だと聞いている。そうでなかったとしても、この身分の女人が一人で夜更けの清涼殿に入ってくるなど不審過ぎる。

対して女宮は、まったく臆することなく答える。

「実は占いで、明日の外出は凶と出たものですから、急遽《きゅうきょ》予定を早めて参りました。とつぜんのことで報せを出すことも叶わず、しかもかような夜更けになってしまいました」

この刻限であれば門は閉ざされているはずなのに、という問いは愚問《ぐもん》であろう。彼女の身分と地位をすれば、一度閉ざした門を開けさせることなど容易《たやす》いことだ。

とつぜんの参内理由は分かったが、だとしても一人でこんな場所に佇《たたず》んでいたことの説明はつかない。

「ではなぜ、清涼殿《こちら》においでになられたのですか？」

「私が献上致しました屏風《びょうぶ》を、見たかったのです」

即答に、伊子は目を瞬かせた。

「されど人に知らせては、否応《いやおう》でも主上《おかみ》のお耳に入ってしまいましょう。既に入御なされている主上を煩《わずら》わせてしまうことは、私の本意ではございませぬ。それゆえ昔馴染《むかしなじ》みの者達に言って妻戸《つまど》を開けさせました」

理屈は分からないでもないが、釈然《しゃくぜん》とする答えではなかった。

そもそも遣いも出さず、かつ案内も請わずに清涼殿に入るなど、いくら内親王《ないしんのう》でも不遜《ふそん》すぎないか。等々不審を隠せずにいる伊子に、やけに愛想よく女宮は話しかける。

「それがまさかかような場所で、尚侍の君にお会いできるとは思ってもみませんでした」

それはこっちの台詞《せりふ》である。加えて以前より見知っていたかのような物言いはどういうことなのか。その伊子の疑問を察したかのように、女宮はさらに続けた。

「実はあなたの話は、五の宮から良く聞いておりました」

「五の宮？」

「式部卿宮のことですよ」

嵩那は先々帝の五番目の親王である。女宮の世代からすれば、式部卿宮よりも五の宮のほうが親しい呼び名なのかもしれない。

「式部卿宮様が、私の話を?」

「もう十年も前の話ですよ」

女宮は朗《ほが》らかに笑った。十年前と言えば、嵩那と妹背《いもせ》だった頃である。その後、伊子の一方的な誤解で関係は破綻《はたん》してしまった。

「あなたとの結婚を考えていると、目を輝かせて報告に参りましたのよ」

「!?」

「されどその後、宮になにか不手際《ふてぎわ》があったようで、ふられてしまったのだとひどく落ちこんでおりました」

懐かしい昔話をするように女宮は語るが、過去の失態を突きつけられた伊子は立ちどころに居たたまれなくなった。

女宮はひそめた声で笑った。

「別に責めているわけではないのですよ。尚侍の君のお気持ちも、分からぬわけでもありませぬから」

「い、いいえ。あの件にかんしては宮様に責は……」

「五の宮は、我が甥《おい》ながら非の打ち所のない貴公子です。されど豊かながらも少しばかり独特の感性をお持ちでございますので、慣れぬうちは色々と誤解を受けてしまうやもしれませぬものね」

よく分かっているではないか。しどろもどろに弁明しかけていたことも忘れて、伊子は深く同意した。

そのこともあったのだろうか。伊子の中にあった入道の女宮に対する警戒が、少し解けはじめていた。

「されどあのおかしな感性も、慣れるととても面白うございますよ」

悪戯《いたずら》めいた笑みとともに言われた言葉に伊子が大きくうなずいて返すと、女宮は破顔した。二人で声を抑えて笑ったあと、女宮は「実は私」と親しげな口調で切りだした。

「主上があなたの入内《じゅだい》を望んでおられると聞いて、少しばかり意地の悪いことを考えてしまっていたのです」

「意地の悪い？」

「ええ。ならばあなたと五の宮がよりを戻せば、先々帝の親王として少しは溜飲《りゅういん》が下がるのではないかと」

朗らかなやり取りの中でとつぜん放たれた不穏な台詞に、伊子はとっさに反応することができなかった。一瞬聞き違いかとおのれの耳を疑い、女宮の口許をじっと見つめる。

「そうではありませんよ」

静かに女宮は言った。

「ずっとそう考えていたのですが、世間から聞こえてくる主上の評判を知り、あの御方は異母弟《おとうと》とはちがうと悟ったのです」

実際の血縁関係がそうでも、先の帝を弟という言葉だけで称するなど不遜である。兄である先々帝を帝としているだけに、なおさらその感は強くなる。だが伊子は女宮の抑えた物言いの中に、諦観《ていかん》とも妥協《だきょう》ともつかぬ感情を感じ取った。

斎院と嵩那が懸念《けねん》していた、女宮の先帝と今上《きんじょう》に対する反発。それはつい最近まで確かに存在していたのだろう。だが先帝が身罷《みまか》り、今上の誠実さを知った今、女宮は恨みとわだかまりを捨ててくれたのかもしれない。

「主上は、入道の女宮様の御参内を心待ちにしておられます」

伊子がそう告げると、女宮はゆったりと微笑《ほほえ》んだ。安堵《あんど》で胸が満たされ、自然と声が弾む。

「地獄絵を御覧になりたいと仰《おお》せでしたね。ならばご案内致します」

高々と紙燭《しそく》をかざして踵《きびす》を返すと、女宮もつづいて足を進めた。

東廂の端に飾られた地獄絵は、昼間と変わらぬ場所に置いてあった。

陽の光のもとでもぞっとするような不気味さだったのに、暗闇の中で鬼火のように灯る紙燭の明かりに照らされて、いっそう恐ろしさを増している。こんなものをよくも一人で見に来ようと思ったものだと、あらためて自分の酔狂《すいきょう》さに呆《あき》れてしまう。

ちらりと女宮のほうを見ると、まったく恐れたふうもなく地獄絵を眺めている。ほどなくして彼女は独り言のようにつぶやいた。

「自分の献上品をこう語るのも気恥ずかしいけれど、絵師達は一世一代の仕事をなしてくれました」

げに、と同意してから、あらためて伊子は問うた。

「こちらの作品の墨書《すみがき》（絵画制作の責任者・この時代は複数による共同作業が基本）の者は、入道の女宮様のお抱えでございますか？」

なぜ、という顔をする女宮に、伊子は自分が気になっていた箇所《かしょ》を指差した。

「私、ここの構図に覚えがあるのです。もちろんかように素晴らしい作品でしたらはっきりと覚えているはずですから、さほどの出来ではなかったのでしょう。ですから縁のある者が真似《まね》たものか、あるいは若かりし頃の作品でも目にしたのではと考えたのです」

これまで地獄絵は何度も目にしているから、なにが誰の作品かなど覚えていない。

だが、ともすれば他の部分に紛《まぎ》れてしまいそうなこの箇所が、なぜだか古い記憶を揺さぶってならないのだ。

「実はそれを確認したくて、かような刻限に一人で参ったのでございます」

伊子の言い分を、女宮は実に面白そうに聞いていた。なんと酔狂な女子かと呆れられているのかもしれないが、夜中に一人で地獄絵を観に来る点では女宮も同類である。

伊子が話し終わると、女宮はあらためて答えた。

「さような理由がおありでしたのね。されど、失礼ですがそれは記憶違いかと……なにしろこの作品の墨書は、都には縁のない博多《はかた》の唐房《とうぼう》（当時の中国人街）の者ですから」

「博多の唐房!?」

想像の斜め上を行く出所に、伊子は驚きの声をあげる。女宮の表情がいっそう楽しげになった。

なるほど。それなら間違いなく自分の記憶違いであろう。あるいは本当に偶然で、似たような構図を書く墨書がいただけなのか。

「そうでございましたか。これはつまらぬことを申しあげました」

「いいえ。とても楽しいお話でした」

女宮はどこまでも上機嫌で安心したが、真夜中の地獄絵の前でいつまでも立ち話をするわけにもいかない。それで伊子が準備していた局《つぼね》への案内を申し出ると、女宮は快《こころよ》くうなずいた。

翌日の昼過ぎ。帝と入道の女宮は対面した。

女宮が通されたのは、朝餉《あさがれい》の間である。帝の座にむきあうように、彼女の席は整えられていた。身分を考えれば破格とまでは言わないが、それでも厚遇にはちがいない。

「よくぞ参られた」

満面の笑みを浮かべる帝に、女宮は伏せていた顔を静かに上げた。

明るい日差しの中で見る彼女は、初対面のときとは装《よそお》いを変えて、白の頭巾で頭を覆《おお》ってその髪を一筋も残すことなくすべて隠していた。尼装束《あましょうぞく》も暗い色をまとっていた昨夜とはちがう。香染《こうぞめ》の小袿の下には梔子《くちなし》色の単《ひとえ》。袴は萱草《かんぞう》色。白と黄櫨《はぜ》色の袈裟《けさ》をかけた装いは、余計なものをすべて削《そ》ぎ落としたからこそ際立つ、独特の美しさと威厳があった。

「お初に御目文字《おめもじ》致します。老い先短いこの歳《とし》になって玉顔《ぎょくがん》を拝することができ、まこと感無量でございます」

丁寧《ていねい》な挨拶《あいさつ》に、帝のほうが恐縮したようだった。

「さようにかしこまらずに、どうぞ気楽にお過ごしください。あなた様は私の大伯母《おおおば》に当たる御方なのですから」

「もったいなき御言葉をいただき、恐悦至極《きょうえつしごく》にございます」

女宮の言葉遣いは堅苦しかったが、その物言いや表情は朗《ほが》らかだった。伊子をはじめとした周りに控える女房、女宮付きの女房達も穏やかな表情でその様子を見守った。

他愛《たわい》もない世間話を交わしたあと、ふと思い出したように女宮は言った。

「申しおくれました。このたびの藤壺《ふじつぼのにょう》女御《ご》御懐妊《ごかいにん》。まことにおめでたきことと存じ上げます」

桐子の妊娠が分かったのは水無月《みなづき》だからいまさらの話題だが、長らく御所から遠ざかっていた女宮にすれば、ここで言うしかないであろう。

「拙《つたな》き手《て》蹟ではございますが、健《すこ》やかなる御子が誕生なさいますよう願文《がんもん》を立てている最中でございます」

女宮の申し出に、帝は顔を輝かせた。

「それはなんとありがたきお話か。入道の宮君の仏典に関する造詣《ぞうけい》の深さは、僧綱《そうごう》達の間でも話題になっております」

「お恥ずかしいかぎりでございます。女の身でありながら、さしでがましいことを致しておりますが――」

双方のやり取りははじめのうちこそ緊張感もあったが、次第に打ち解けて、最後にはまるで祖母と孫のように穏やかなものになっていった。帝《みかど》の人柄はもちろんだが、なにより女宮の話の上手《うま》さが際立っている。出しゃばらず、寡黙《かもく》過ぎず、程よい語り口と人の興味を引く話題を豊富に持っている。先ほどちらりと帝も触れたが、その根底にあるものは博識さと元々の聡明さだろう。

程よいところで面談は終わり、女宮はいったん引き下がった。御仏名《おぶつみょう》初夜の儀式は、亥《い》の二刻（午後十一時頃）より開始予定である。いかに達者とはいえ、高齢の女宮の身体《からだ》を慮《おもんぱか》って休んでもらおうという帝の配慮《はいりょ》であった。

女宮の局は、麗景殿《れいけいでん》に用意させた。

一段落ついてからいったん自分の局に戻ると、伊子は斎院に文を書いた。もちろん女宮の挙動、言動にかんしての報告である。自分の見た限りでは、女宮に疑うべきところはなさそうだ。わだかまりは過去の物として、主上《おかみ》とは打ち解けたいと考えておられるようである――そんな内容の文を認《したた》め終えたとき、まるで計ったように嵩那がやって来た。

「そうですか。叔母上《おばうえ》は、主上とそのように和《なご》やかにお話しされましたか」

御簾《みす》を隔《へだ》てた廂《ひさし》の間で、伊子から話を聞いた嵩那は肩の力を抜いた。

「先帝に対してわだかまりをお持ちであられたことは、主上にではありませぬが、私にははっきりとおっしゃいました。なればこそいまのお振る舞いに、信憑性《しんぴょうせい》があるようにお見受けしました」

「さもありなん」

御簾越しにも嵩那の安堵が伝わってくる。

「次第を聞いてほっと致しました。これから私も、ご挨拶に伺おうと思います」

「入道の女宮様にですか？」

「ええ。色々あって長く疎遠《そえん》にしておりましたが、幼い頃は実の母のように良くしてくださった方ですから」

色々という言葉で嵩那がごまかしたものは、入道の女宮の先帝に対する露骨な敵意であろう。その頃の彼女の剣呑《けんのん》さを慮り、嵩那は距離を置いていたのかもしれない。

しかし先帝は身罷《みまか》り、今上との和解は成し遂《と》げられた。嵩那が女宮を遠ざける必要はどこにもなくなった。さぞかし嵩那は安心していることだろう。

微笑ましい思いで立ち上がると、伊子はきょとんとする嵩那に笑いかけた。

「後宮のお客様ですもの。私がご案内致しますわ」

遣いを出すと、女宮からはすぐに了解の返事が戻ってきた。

伊子と嵩那は連れ立って麗景殿を訪れる。案内された廂の間には、それぞれに茵《しとね》を敷いた二畳《じょう》の畳《たたみ》が、母屋《もや》に向きあうような形で並べてあった。御簾の向こうで文机《ふづくえ》に向かっていた女宮は、二人の到着に筆を置いて身体の向きを変えた。

「お二人とも、良くいらっしゃいましたね」

愛想よく言われ、挨拶だけしてすぐに帰るつもりでいた伊子は慌てる。

「いえ、私はただご案内を」

「そう堅いことを言わずとも、よろしいではありませんか。昨夜はゆっくりとお話しをすることもできませんでしたから、これを機会に尚侍《かん》の君《きみ》とも是非《ぜひ》仲良くさせていただきたいと考えているのですよ」

「ですがせっかくの水入らずの……」

そのとき、くいっと袖《そで》を引かれた。見ると嵩那が、いいから、というように目配せをしている。つまりこの場に居て欲しいということだ。

ここまでされては帰るわけにもいかないので、伊子は素直に腰を下ろした。嵩那はほっとした表情で隣の席に腰を下ろす。

（長くお会いしていないということだったから、二人きりは気まずいのかしら？）

人好きする性質《たち》の嵩那には珍しいことだ。しかし彼には叔母である女宮を疑っていたという負い目はある。何年間隔てていたのかは知らないが、気まずさが残るなら最初だけでも第三者が居たほうが良いだろう。

微妙にぎこちない間のあと、思いきったように嵩那が言った。

「長らくご無沙汰《ぶさた》いたしておりました。叔母上もお健《すこ》やかにお過ごしのようで、何よりでございます」

「ありがとう。あなたもすっかり大人におなりになられて……妻を娶《めと》りたいと、目を輝かせて私のところに報せに来てくださったのが、つい先日のことのようですわ」

嵩那は不意打ちでもくらったように、目を白黒させた。

その反応を楽しげに眺め、女宮は伊子のほうにと視線を動かした。

「その姫君も加えて、いまこうして三人で顔をあわせることができるとは、なんとも不思議な縁を感じますね」

「は、はあ……」

伊子のほうも焦ってしまい、とっさに気の利《き》いた返しができない。

朗らかな口調に悪意はなさそうだ。こうして連れ立って訪室したことから、二人の間にはもはやわだかまりはなく、古き良き友としての付きあいをつづけていると思っているのかもしれない。

(それに主上の私へのご好意は、この御方もご存知でしょうし)

その上でなお、伊子と嵩那が想いを寄せ合っているなど夢にも考えていないだろう。主上を拒《こば》むなど、普通では考えられない。まして他に想い相手がいるなど――。

「なにをお書きになっておられたのですか?」

がらりと嵩那が話題を変えた。女宮の傍《かたわ》らには文台が置いてある。伊子達がここに来たとき彼女は筆を動かしていた。

「願文ですよ。女御のご出産が無事に終わり、健やかなる御子が産まれますようにと願いを立てているのでございます」

少し驚いたような嵩那の表情に、そういえば彼は知らなかったのだと、伊子はいまさら思いだした。

「お話をお聞きになられて、主上も大層感動しておられました」

付け足しのような伊子の言葉に、嵩那は釈然《しゃくぜん》としたばかりにうなずいた。

「それは主上もお喜びのことでしょう。藤壺女御もきっと心強く思いましょう」

「藤壺女御は、御幾つでございましたか?」

女宮の問いに、嵩那は言葉を詰まらせる。おそらく若いというだけで、はっきりした年齢までは認識していなかったのだろう。概《がい》して男という者どもは、女の若さにこだわるくせに、そういう細かい部分に気が回らない者が大半だ。それで伊子が代わりに答えた。

「確か十八歳と記憶しております。瑞々《みずみず》しくて艶《あで》やかな、蓮《はす》の花のように美しい御方でございます」

「まあ、ならばさぞ主上とはお似合いの女人《にょにん》でございましょうね」

「はい。まことに美々《びび》しい夫婦《めおと》でございます。あの御二方の御子とあれば、どれほど美しい宮様が産まれることかと、いまから楽しみにしております」

帝と桐子の関係が、けして仲睦《なかむつ》まじいとは言えないものであることは黙っていた。ついでに言えば、祖父である右大臣《うだいじん》に似るという可能性は考えないでおくことにした。

御簾向こうでころころと笑い声をあげていた女宮が、ふと黙りこむ。なんだろうと思っていると、ややわざとらしいため息を交えて女宮は言った。

「まこと五の宮も、はやく私に御子を見せてくださるとよいのですけど……」

妻を取らぬ男への定番とも言える愚痴《ぐち》に、嵩那は露骨なしかめ面《づら》を浮かべた。もっとも御簾向こうの女宮には、よく見えていないだろうけれど。

嵩那からするとうざったい話かもしれないが、普通に考えて女宮の指摘は真っ当なものだ。身分も容姿も問題ない男性が、二十九歳にもなって妻の一人も持っていないなど奇妙な話である。伊子と別れてからの十年間、恋愛を普通に重ねていたという話だから、縁がなかったというしかないのだろうが。

そんなことを自分が考えるという皮肉に自虐《じぎやく》的な気持ちになったとき、女宮がとんでもない発言をぶちこんだ。

「いっそのこと、あなた方がよりを戻してしまわれればよろしいのに」

そのときの伊子の顔は、間違いなく硬直していただろう。

だが女宮の朗らかな口調は変わらなかった。御簾で隔てられ、伊子の表情が良く見えなかったのかもしれない。

「そうすれば私も五の宮の母親代わりとして、それらしい楽しみを味わうことができますものを」

ほほほ、と声をあげて笑う女宮に、伊子はますます分からなくなる。

主上から求愛されている伊子の現状を考えれば、冗談だとしても洒落《しゃれ》にならないのではないか。

（い、いえ、ひょっとしたら……）

長らく御所から遠ざかっていた女宮は、帝が伊子の入内《じゅだい》を望んでいることを知らないのかもしれない。常識に囚われていれば、十六歳の帝が三十二歳の女の入内を望むなど夢にも思わないだろう。

答えを求めるように嵩那に目をむけると、なんとも困惑した面持《おもも》ちを浮かべている。どうやら彼も女宮の真意を計りかねているようだった。

いっぽう女宮は、二人の困惑などどこ吹く風で話をつづける。

「なにしろ内親王《ないしんのう》は独身を通すのが通例。もちろん五の宮の亡き御母宮のような場合もありますが、大抵は私のように子や孫を持たずに過ごすもの。ならばせめて甥《おい》であるあなたの御子を見せていただき、世間の婆《ばば》らしい楽しみを味わわせてくださいな」

その口調に深刻さはなく、冗談で言っているようにも聞こえた。

そもそも女宮が本気で嵩那の子を望むのなら、もっと若い女を勧めるはずである。そうなるとやはり戯言《ざれごと》で、かつては初々《ういうい》しく情熱的だった恋人達が、十年の時を経て昔語りをする友人に落ちついてしまったことを冷やかしているのかもしれない。

「まこと甲斐《かい》無き者、内親王とは」

女宮がぽつりとつぶやいた一言に、伊子ははっとする。

それきり女宮はなにも言わなくなった。

なるほど。そう言われてみれば、確かに内親王という方々の立場は複雑だ。

皇族同士の結婚が一般的であった時代、皇后《こうごう》には皇族の女性しか即《つ》けなかった。加えて女帝が頻繁《ひんぱん》に擁立《ようりつ》されていたから、社会における内親王の存在意義は高かった。

しかし帝位が男子のみに継承されるようになり、天皇の妻の地位を藤家権門《けんもん》の娘達が占領するようになると、皇族の女性達は政《まつりごと》からも後宮からも弾き飛ばされた。それでも親王の娘等の女王であれば臣下と結婚する降嫁《こうか》という道もあるが、内親王は高すぎる身分もあってそれもままならない。

その点で、生まれてすぐに后《きさき》がねとなること定められた伊子とは対照的だ。

とはいえ入内がご破算《はさん》となり、特になにを為す目的もないまま日々を過ごしたあの期間は、内親王と同じ立場であったのかもしれない。

そう考えると、少し嫌な気持ちになった。

紆余曲折《うよきょくせつ》により宮仕えをはじめ、結果的にそれを楽しんでいる。だからといって家で過ごした三十二年の日々が〝つまらぬ〟ものだったとも思わない。しかし世になにかを為すという点から考えるのなら、それこそ女宮の言うとおりだったのだろうか――。

「さようなことを、高貴なご身分の方が仰《おつしや》いますな。叔母上《おばうえ》は信心、学識ともに深く、豊かな日々を過ごしておられるではありませぬか」

諭《さと》すように嵩那は言った。

沈みかけていた気持ちが少し引き戻され、伊子は嵩那のほうを見る。

「さような慰《なぐさ》めなど——」

女宮は、やや自嘲《じちよう》的に笑った。

「確かに信心と学問は、己を豊かにはしてくれます。されど女の身では、それが他のなにものかに貢献するわけではありませぬから」

女宮の物言いは穏やかだったが、その裏にもどかしさのようなものも感じられた。彼女のような才媛《さいえん》が、身分ゆえにその能力を発揮できずにいるのは、確かに歯痒《はがゆ》いことなのかもしれない。

この女宮の言葉に、はたして嵩那はどのように反応するのか。伊子は彼の横顔を注視した。嵩那はなにか言いたそうに唇をもぞもぞと動かしたが、うまく考えがまとまらなかったとみえてそのまま口を閉ざした。その表情からは悔《くや》しいというほどではないが、釈然としない気持ちが見て取れた。対して女宮の様子は、御簾《みす》を隔《へだ》てていたために窺《うかが》うことができなかった。


御仏名《おぶつみよう》初夜。

清涼殿《せいりようでん》の御帳台《みちようだい》の中に、観音《かんのん》の画像を飾って香華《こうげ》を添える。廂《ひさし》のあちこちに立てられた七帖《じよう》の地獄絵屛風《びようぶ》はどれも見事な出来だったが、その中でも女宮が献上した物は群を抜いていた。

北側に置かれたその屛風に、女房達は恐怖に顔を歪めつつ作業に当たっている。

「あな、おそろし」

「大殿油《おおとのあぶら》の明かりの下で見ると、なおいっそう……」

などと遠巻きにささやく者達は、まだ余裕がある。怖がりの者達などは、袖口《そでぐち》で顔を覆《おお》うか、目を伏せたまま作業をしている。

亥の二刻（午後十一時）になると、朝臣《ちようしん》が居並ぶ中に導師が入場してきた。彼による当《とう》願衆生の声明《がんしゆじようしようみよう》が唱えられたあと、散華が行われる。僧侶達が読経《どきよう》をしながら歩き、清めのために蓮《はす》の花びらを模した色紙をまく儀式である。

香の煙が燻《くすぶ》る中、色取り取りの紙が舞い上がる様は本物の花吹雪《はなふぶき》のようだ。この美しい光景に、朝臣も女房も手をあわせて罪の消滅を祈っている。

伊子をはじめとした女達は、男達とは几帳《きちよう》を隔てて少し離れた場所に席を得る。その中でももっとも上座にいるのは、もちろん女宮だ。その周りには彼女付きの女房達が控えているが、伊子も比較的間近の上座に席を得ていた。

「美しい光景だこと」

女宮のうっとりとした声が聞こえた。読経の声が響く中でよく聞こえたものだが、はっきりと伊子の耳に入ってきた。

見ると女宮は数珠《じゅず》を両手にかけ、舞い散る紙吹雪を見上げている。

頭巾をきっちりとかぶっていることで、横顔の彫りの深さがいっそう際立つ。姪《めい》である斎院とも似ているが、年齢的に肉が落ちているからかずっと鋭利な印象を受ける。

若い頃は才色兼備《さいしょくけんび》の内親王として、さぞかし公達《きんだち》達の評判を取ったことであろう。

それでも滅多《めった》なことでは、内親王を妻にする栄誉には預かれない。そうして内親王が独身を通すことが通例となったのだ。

有り余る才も、女として生まれたために公《おおやけ》の役に立つこともかなわず、かといって世間一般で女の幸せとされる結婚も許されない。とかく女の生き方は制限されがちだが、その中でも内親王という方々は、その極《きわ》みにいる人達ではないのだろうか。もっとも縁のある内親王である斎院が、あまりにも傍若無人《ぼうじゃくぶじん》なので考えたこともなかったが——。

そんな伊子の思いなど知る由《よし》もなく、女宮は一心に祈りをつづけている。

法会《ほうえ》は子の一刻（午前一時）に終わった。この後、朝臣達は酒肴《しゅこう》を賜《たまわ》ることになっている。初日だからささやかなものではあるが、身分のある者達は各々殿上《おのおのてんじょう》の間《ま》にと移動した。

人が少なくなった中、帝《みかど》は例の屏風絵の前で女宮と並んで話をしていた。取りとめもない会話と見えて、二人の表情は穏やかである。おどろおどろしい地獄絵とは対照的な光景だった。

（大丈夫そうね）

熾《お》きのようにくすぶりつづける女宮への懸念《けねん》に目をつむり、伊子は鬼の間に入って女房達の采配《さいはい》に集中した。法宴の給仕はもちろんだが、まもなく帝の御寝の支度《したく》も始めなければならない。

慌《あわ》ただしさの中、勾当内侍《こうとうのないし》が困惑顔で殿上の間から戻ってきた。どうしたのかと訊くと、右《う》大臣《だいじん》と新大納言が剣呑《けんのん》な状態なのだという。仲が悪いのはいまさらだが、酒が入っているのでなおさら危なっかしい空気であるという。

伊子は顔をしかめた。

「困ったわね。今日はお父様も、夢見が悪くて籠《こ》もっておいでなのに――」

顕充が出仕していないとなると、二人を表立って止められる人間がいない。中立の立場にある左近衛大将も、歳《とし》が近い新大納言はともかく、右大臣のほうには強く出られないだろう。

「様子を見てくるわ」

そう言って伊子は、母屋《もや》に通じる襖障子《ふすましょうじ》を開いた。

殿上の間は南廂に設置され、母屋とは白壁で隔てられている。覗《のぞ》き窓である櫛型窓《くしがたまど》に顔を近づけると、上座でやりあう右大臣と新大納言の姿が目に入った。なにを言いあっているのかは分からないが、双方共にそれぞれ親しい者になだめられていて、とっくみあいになるほどの事態ではなさそうだ。

(まったく、あの二人ときたら……)

うんざりとして窓から離れた伊子は、向きを変えてぎょっとした。いくらも離れていない場所に、帝が立っていたからだ。少し前まで穏やかに女宮と話をしていた彼は、打って変わって苦虫《にがむし》を嚙《か》み潰したような表情で、伊子の背中越しに櫛型窓の先を見ている。女宮の姿は見当たらないから、話し終わって別れてしまったのか。

「……困ったものだな」

途方に暮れた物言いに、帝が殿上の間の様子を憂《うれ》えているのだと理解した。

(確かに……)

いまの状況でこれなのだから、桐子が出産をし、それが男児であったのならどんな事態になるだろう。右大臣は皇子を東宮《とうぐう》に立てようと躍起《やっき》になるはずだし、新大納言はなんとしてもそれを阻《はば》もうと画策し、同時に娘の入内に本腰を入れてくるだろう。帝の立場からすれば、考えただけで気鬱《きうつ》になるにちがいない。

「あの、主上《おかみ》…」

「しばらく休む」

そう言うと帝は、御引直衣《おひきのうし》の裾《すそ》をひるがえして御帳台の中に入っていった。

少しの間、伊子はぽかんとしていたが、すぐに気を取り直した。

おそらく帝は、気持ちを落ちつけるために一人になりたかったのだろう。その状況で慰《なぐさ》めや励《はげ》ましを口にするのは、かえって逆効果かもしれない。

しばらく御帳台には近づかぬよう、女房達に告げようと戻りかけたときだった。ひたひたと床を踏む音がして、別の屛風の陰から小葵紋《こあおいもん》の白直衣姿の嵩那が現れた。

「大君《おおいきみ》⁉」

嵩那は驚いたようだが、それは伊子も同じである。考えてみれば殿上の間に彼はいなかった。

「まだ、お休みになられていなかったのですか？」

近づいてきた嵩那は、意外ととぼけたことを訊いた。帝が入御していないのに、尚侍《ないしのかみ》が先に休むなどもっての外《ほか》である。もっともいつもであれば、帝も伊子もとっくに休んでいる時刻なのだが。

「ええ。主上が……」

そう言って伊子はちらりと御帳台に目をむける。

「主上は、女宮とお話しされておられたのでは？」

「はい。されど先ほど主上はお一人でございましたから、女宮様はお戻りになられたものと存じます」

「いえ。私は今しがた麗景殿《れいけいでん》をお訪ねしましたが、まだお戻りではないと——」

伊子と嵩那は目を見合わせた。

では、どこに？　気丈であっても女宮はもう高齢だ。慣れぬ御所で足元を滑らせるなどしてなにかあったのでは——わきたつような不安に襲われ、伊子は辺りを見回した。

そのとき、御帳台の中からがさがさと物音がした。

「主上？」

伊子は声をかけたが返答はなかった。一人になりたいという帝の気持ちを汲《く》んだ直後であるだけに、どうしたものかと思い悩む。なにか物に八つ当たりをしただけなら、聞かないふりをするべきなのだが——。

「なんでしょうか？」

嵩那が怪訝《けげん》な面持《おもも》ちで目をむける。それで伊子も不安になり、外からだけでも様子をうかがおうと御帳台に近づいた。

身を屈めつつ帷《とばり》の隙間《すきま》から中をのぞきこんだ伊子は、次の瞬間、畏《おそ》れもなく中に飛びこんだ。

「大君⁉」

嵩那の声が帷の向こうから聞こえたが、かまう余裕はなかった。

茵《しとね》の上で帝が、胸を押さえてうずくまっていたからだ。

「主上、いかがなさいましたか？」

しゃがみこみ、伊子は帝の顔を覗きこんだ。生汗が浮かんだ苦悶《くもん》の表情。緩《ゆる》く開いた口《くち》許《もと》から、異常に短い息遣いが聞こえる。小刻みに震えた手が、はしっと伊子の衣の裾を摑《つか》んだ。

「誰か、薬師《くすし》を――」

「お待ちなさい」

静止の声と同時に、嵩那が飛びこんできた。彼は戸惑う伊子の向かい側で、帝の背をさすった。

「大丈夫です。落ちついて。ゆっくりと息を吐いて、そう腹から出すように息を吐ききって……鼻から息を吸って、そう、そのように繰り返して」

わが子に習い事を教える父親のように、嵩那は帝の耳元で静かに繰り返す。彼は帝がどれだけ苦しい表情を見せても、けして慌てなかった。傍で見ていた伊子は、おどおどして薬師と祈禱《きとう》のことばかりを考えていたというのに。

(大丈夫なのかしら、誰も呼ばないで)

幸いにして、帝は次第に落ちついた呼吸を取り戻してきた。震えが止まり、伊子の衣を摑んでいた指も緩む。夜の明かりの下で顔色までは分からぬが、あれだけ浮かんでいた汗はほとんど引いている。

「もう大丈夫ですよ」

嵩那の言葉に帝は目を瞑《つむ》ったままこくりとうなずき、そのまま茵に身を横たえた。

ぐったりとした様子に不安が残るが、嵩那は物静かに話しかける。

「夜御殿には、落ちついてからお入りになられると良いでしょう。今宵《こよい》は私も上臥《うえぶ》し(宿直《とのい》)をいたします。蔵人《くろうど》の担当は蛍草《ほたるぐさ》殿ですから、なにもご心配召されますな」

言い聞かせるように穏やかな嵩那の語りを、伊子は黙って聞いていた。帝の身になにが起きたのか分からないが、嵩那の言い分から、安心させることが肝要《かんよう》であると感じたからだ。ならばここで余計なことを言って、万が一にでも不安にさせてはならない。

「……ありがとう。だいぶ落ちついたよ」

かすれるような声で、はじめて帝が口を開いた。

伊子と嵩那は安堵《あんど》の色を浮かべ、やがておもむろに嵩那が問うた。

「以前から、かようなことはおありだったのですか？」

帝は緩く首を揺らしたが、横たわったままでの所作《しょさ》だったので、それの意図するものが肯定か否定か分からなかった。ただ落ちついたあとのこの反応からして、おそらくはじめてではないのだろうと伊子は思った。

嵩那がどう受け止めたのかは分からないが、彼はそれ以上の追及はしなかった。

「あまりお気になされますな。省や衛府でも、入ったばかりの若い者や、特に生真面目《きまじめ》な者などが似たような症状を起こして倒れることがありますので。女房の間にも同じようなことがあったと聞いておりますから、珍しいことではございませぬ。物《もの》の怪《け》に取り憑《つ》かれたと騒いで祈禱をするのも、まあ本人がそれで安心するのなら効果もありましょうが、経験的には落ちつかせて深呼吸をさせてやれば大抵は収まります」

嵩那の証言に伊子は目を円くしたが、だから気をつけて、というように目配せをされてあわててうなずく。後宮は大嘗祭《おおなめさい》が終わったあと、舞姫を務めた者達が新人として入ってきたばかりだ。年若く環境にも不慣れな彼女達の中に、そのような症状が出る者もいるかもしれないではないか。

（やはり主上も……）

帝に対して以前は尊崇《そんすう》しかなかった伊子だったが、近頃は漠然《ばくぜん》とした不安を感じるようになっていた。ただでさえ重責だというのに、桐子の懐妊《かいにん》という吉事をきっかけに、様々な煩《わずら》い事が生じているからだ。

先程の苦悶は、それら精神的負担の積み重ねの末に起きたものだったのだろうか。直前に目にした右大臣《うだいじん》達の言い争い、ひいてはその前の女宮との会話で緊張を強《し》いられたこともきっかけとなったのかもしれない。はっきりと断言できないまでも、様々な可能性に伊子が思いを巡らせていたときであった。

「宮……」

帝が嵩那に呼びかけた。嵩那は伊子にむけていた視線を動かした。

「なんですか？」

彼の眼差《まなざ》しはゆったりとして余裕を持ち、傷ついた者に対する慈愛《じあい》に満ちていた。

帝は上目遣いに、まるですがるように嵩那を見上げた。

「あなたが、次の東宮に立ってくれまいか」

衝撃的な要求に、伊子は息を呑《の》んだ。言葉が頭の中で理解という形を取るのに、しばしの間を要した気がした。

嵩那も同じだったのだろう。彼は両手をだらりとさせ、呆然《ぼうぜん》と帝を見下ろしていた。言葉を無くしてしまった伊子達に挟まれ、一人静かに帝は言った。

「以前から思っていた。それが筋だと――」

「おやめください」

嵩那はぴしゃりと遮《さえぎ》った。先程の慈愛に満ちた彼とは別人のようだった。帝に動揺《どうよう》はなかった。むしろ嵩那のほうが焦っていて、息を荒げた人のように肩を上下させて反論する。

「それ以上、仰《おつしや》ってはなりませぬ」

外に気遣ってか、声は大きくなかった。だが口調は厳しいものだった。

「聞かなかったことにいたします。そのようなことは二度とお口になさいませぬよう、重ねてお願い申し上げます」

言い終わると嵩那は立ち上がった。本能的に腰を浮かしかけた伊子は、次の瞬間ぎくりとする。

入り口の向こうに、誰かが立っていたのだ。

帷《とばり》をわずかに片寄せ、その隙間から覗《のぞ》きこんでいたのは女宮であった。奥にいる伊子と帝《みかど》には目をくれず、ひたすら嵩那に目をむけている。

やがて彼女は袖《そで》を揺らし、誘うように手招きする。その口許《くちもと》が動いているようにも見えたが、声は聞こえなかった。

（なに？　なにを、言っているの？）

しかし女宮はそれ以上なにもせず、くるりと踵《きびす》を返して立ち去っていった。

あまりに一瞬のことで、幻覚かと思ったほどだ。帝などは女宮の存在自体に気付いていないようで、横たわったまま突っ伏している。

しかし嵩那の反応はちがっていた。彼は悔《くや》しげに唇をぎゅっと結ぶと、女宮の後を追うようにして御帳台《みちょうだい》を飛び出した。とっさに後を追いかけようとした伊子であったが、何かに引き止められるように立場を思いだす。

自分は帝の尚侍《ないしのかみ》である。

揺さぶられる感情をぐっと抑え、横たわった帝に目をむける。その表情には、叱《しか》られた子供のような憔悴《しょうすい》と悔しさの色が織《お》り交ざって見えた。

いま、この御方を一人にすることはできない。

伊子は帝の傍《かたわ》らにと膝を進める。症状が落ちついてからは緩んでいたはずの帝の指は、それでもまだ伊子の衣の裾《すそ》にかかっていた。先ほど嵩那が出て行ったとき、衝動のままに彼を追いかけていたらどうなっていたのだろう。

上からささやくように、静かに語りかける。

「夜御殿にお移りになれるようになりましたら、お声掛けください。それまでここでお待ち致しております」

帝は目を瞬かせ、信じられないというように伊子を見上げた。

胸がしめつけられたが、それを気づかせぬように伊子は穏やかさをとりつくろった。


そうやって、どれくらい傍にいたのだろう。

帝は目を瞑ってじっと横たわり、伊子は彼に裾をつかまれたまま、ただひたすらその傍らに座っていた。

やがて帝はなんのきっかけもなく起き上がり「大事ない」とだけ短く言って、御帳台を出た。そのあとはいつもと変わらなかった。御仏名《おぶつみょう》の儀式で夜遅くなっただけで、普段通りに御手水《おちょうず》の間《ま》で装束《しょうぞく》を解くと、そのまま夜御殿にと入御した。

伊子が清涼殿《せいりょうでん》を出たのは、子《ね》の三刻（午前二時頃）をとっくに回っていた。辺りに人影はなかった。明日の御仏名はこの刻ぐらいから始まり、最終日など丑《うし》の三刻（午前四時）から始まることになっている。こうなるともう夜更かしではなく早起きになる。

いずれにしろ今宵は一時でも早く休まなければならぬのだが、はたして眠れるものだろうかと伊子は憂鬱に思った。

悩ましきこと、考えねばならぬこと、気になることが多すぎて眠れる気がしない。壺庭《つぼにわ》で焚《た》かれる篝火《かがりび》を横目に承香殿《しょうきょうでん》に向かっていると、渡殿《わたどの》の先に白い衣が浮かび上がっているのが見えた。

「……宮様」

嵩那が待ち受けていたことに、伊子は思ったよりも驚かなかった。あるいはこのような次第になるだろうと、心のどこかで思っていた気がする。嵩那のほうには、言いたいこと訊きたいことが山のようにあるだろうから——。

「主上《おかみ》はいかがですか？」

どこか歪んだ声で嵩那は尋ねた。軒端《のきば》の先には、高々と上がった臥《ふ》し待《ま》ち月《づき》が冴え冴えとした輝きを放っていた。

伊子は無言でうなずいたあと「大事ございませぬ」と短く答えた。

「そうですか」

なんともすっきりしないふうに嵩那は応じた。もちろん安心はしているだろうが、東宮《とうぐう》云々《うんぬん》のやりとりを思いだせば、複雑な感情を拭《ぬぐ》えなくてとうぜんだ。

嵩那は手持ち無沙汰《ぶさた》のようにこめかみに手をやり、落ちつかないふうに離し、それを何度か繰り返したあとに口を開く。

「主上はなぜ、あのような愚《ぐ》にもつかぬことを仰《おお》せになられたのか——」

腹立たしげな物言いを、伊子は黙って聞いた。

愚にもつかぬことではない。理は適っているし、本来であればそれが正当なのだ。もっともいかに高貴であろうと嵩那は母親が内親王《ないしんのう》だから、後ろ盾の問題で立坊《りつぼう》は難しかっただろう。

逆に言えば後ろ盾さえあれば、身分も才も人柄も、帝となるのになんの遜色《そんしょく》もない人物だった。いや年齢を考えれば、十六歳の少年よりむしろふさわしかっただろう。そう、後ろ盾さえあれば——。

（え？）

ふとある可能性に思い至り、伊子は口許を押さえた。

だがその疑問を率直《そっちょく》に口にすることはできず、短い思案のあと、探りを入れるつもりで尋ねた。

「先ほど、女宮様はなんと仰せになられたのですか？」

嵩那は少し意外な顔をした。

「聞こえなかったのですか？」

「ええ」

やはり、あのとき女宮はなにか言っていたのだ。あるいは自分の見間違えかとも思ったがそうではなかった。女宮は嵩那を手招きし、間違いなくなにか言葉を紡《つむ》いだ。それを聞いた嵩那は、まるで打ちのめされたのように御帳台を出て行ったのだ。

「女宮様は、なんと仰せに？」

同じ問いを繰り返すと、嵩那は渋い表情のまま黙りこんだ。しばしの間のあと、彼は呼吸を整えるように肩を上下させ、重い口を開いた。

「私があの場にいては良くないと、言われました」

「？」

「そなたがそこにいても、主上を苦しめるだけ――叔母上《おばうえ》はそう仰せになられたのです」

「そんな！」

伊子は声をあげた。いくらなんでも理不尽だ。

確かに女宮がそう言った直前、嵩那は帝を咎《とが》めていた。しかしそれはとつぜんに立坊を懇願《こんがん》されたからであって、やむなしの反応だった。

そもそも帝が事無きを得たのは、嵩那の適切な対応があったからだ。伊子ではとてもあんな真似《まね》はできなかった。そんな経緯を知りもしないくせに、自分が目にした状況だけでなにを言っているのだろう。

(目にした状況?)

とつぜんこみあげた薄気味悪い疑念《ぎねん》に、伊子はごくりと息を呑んだ。

まさかの疑念を抱きつつ、唇を動かす。

「──女宮様は、いつからあそこにおられたのですか?」

「私達が御帳台に飛びこむ前から、清涼殿におられたそうです」

嵩那の答えに、背中に氷でも入れられたような寒気を覚えた。

嵩那は女宮を訪ねて麗景殿に足を伸ばした。しかし彼女は戻っていないと聞かされ、清涼殿まで捜しにやってきたのだ。

帝と別れたあとも女宮がずっと清涼殿に居たのなら、伊子と帝が櫛形窓《くしがたまど》を覗いていたところも見られていたのだろうか。そのあと御帳台の中で帝が苦しむ様子まで、声どころか物音ひとつも立てずに眺めていたというのか。

伊子は竦《すく》みあがった。

あくまでも想像の域に過ぎないのに、肌が粟立《あわだ》つのを抑えられない。

嵩那は腰に手を当て、自嘲《じちょう》気味に漏《も》らした。

「あの御言葉は、堪《こた》えましたね」

その言葉の意味が、伊子はまったく分からなかった。

堪えたというのは女宮の発言であろうが、理不尽でしかない言い分に憤《いきどお》りこそすれ、なぜ堪えたなどと言うのだろう。

「そのような理不尽な御言葉、気になさる必要はございませぬ。主上が大事なく済みましたのは、ひとえに宮様のご尽力があってのことでございます」

憤慨《ふんがい》する伊子に、嵩那は苦笑した。

「まこと、あなたは罪なお人だ」

嵩那の物言いには、寂寥《せきりょう》のようなものが滲《にじ》み出ていた。

「私？」

困惑する伊子にむかって、嵩那はそっと手を伸ばす。

どきりとして身構えるのと同時に、冷えた指先が頰《ほお》に触れる。師走《しわす》の夜気は凍えるほどに冷え冷えとしている。

「他人の心を慮ることはあれほど得意なのに、なにゆえ男の心は分からぬのですか？」

「……」

合点《がてん》がいくのと同時に、嵩那のその言葉は鉛《なまり》のような重みで伊子の心に沈んだ。

嵩那が帝を苦しめているという女宮の言い分は、身体的なことではなく心のことをさしていたのだ。

これまで帝は嵩那を頼りがいのある皇親として、また兄のような存在としてもずっと慕《した》っていた。いっぽう嵩那も、帝を弟のように慈《いつく》しむのと同時に、健気《けなげ》な仕えるべき主君として崇《あが》めていた。

だがその関係も、伊子が入ると変わってくる。

嵩那のおかげで事無きを得たことは、もちろん帝も理解しているだろう。

だがそれとは別に、想いを寄せる伊子の前で、よりによって恋敵《こいがたき》である嵩那に助けられた帝の胸中は想像するに難くない。そんな場合ではなかろうと言ってしまえばそれまでだが、十六歳の少年が自分の姿を無様だと感じても不思議ではなかった。

そのうえ立坊を懇願したことで、嵩那から厳しく咎められてもしまったのだ。これも少なからず屈辱《くつじょく》ではあっただろう。

ならばなぜ帝があの場でそんなことを口にしたのか、それは分からない。

しかし伊子がまったく気付かなかった帝の複雑な心境を、女宮は傍から眺めていただけで見抜いてしまったのだ。

（なんという……）

女宮の洞察力に畏怖《いふ》さえ抱き、それ以上に自分の愚かさに恥じ入ってしまう。

だからこそ、いま改めて思う。

嵩那が御帳台を出たとき、自分の感情に任せて彼の後を追っていたのなら、帝はどれほど傷ついただろう。

帝のことを思えばあれで良かったのかもしれないが、逆に嵩那はどうだったのか。

あのとき伊子は、嵩那を追いかけたいと本心では思っていた。だが自分の務めを思いだしてできなかった。

本心がどうであれ、伊子は嵩那を追いかけずに帝のもとに留まった。あのとき嵩那の心には、どんな想いが生じたのだろう。

伊子は頰を強張《こわば》らせ、そのまま視線だけを床に落とす。恐ろしくて嵩那の顔を見ることができなかった。

頰に当てられていた指がわずかに動く。指の腹から爪の先と感触が変わり、一瞬力が籠《こ》もった。

爪を立てられた。

だがそれはほんのわずかなことで、嵩那が伊子の肌を傷つけることはなかった。

だというのに、まるで鷹に捕えられたような痛みを感じた。

伊子は唇を震わせ、嵩那を見つめた。嵩那の目に浮かんでいたものは、寂寥なのか懇願なのか──。

「惑うては、おられませぬか？」

身を震わせるような寒気の中、嵩那のその言葉は伊子の全てを震わせた。

手が震える。寒さのためなのか、怯《おび》えのためなのか、あるいは嘆《なげ》きのためなのか。

唇が震え、声が上擦った。

「惑うております」

嵩那は眉《まゆ》を寄せた。

彼は明らかに傷つき、そして哀しんでいた。

目の奥が熱くなるのを自覚せぬまま、伊子は激しく首を揺らした。

「惑うております。主上からあれほどに望まれ、私自身も心からお支えしたいと望んでいるというのに、なにゆえ貴方様《あなたさま》への想いをこうも断ち切れぬのか──己の弱さに戸惑うております る」

ほとばしる想いを訴える伊子は、自分の頬に熱い涙が流れていることに気づかない。

嵩那は息を呑み、まじまじと伊子を見つめていた。

その身体《からだ》が少し揺れた。そう感じた直後、伊子はきつく抱きしめられた。骨も砕《くだ》けよとばかりのきつい抱擁《ほうよう》は、これまでの理性的な嵩那からは考えられないものだった。

背に回された腕が緩《ゆる》み、嵩那は少し身体を離した。そのまま身を屈めると、不意打ちのように唇を重ねてきた。強制か懲罰《ちょうばつ》のように強引な口づけに混乱したのもつかの間、まるで酒でも飲まされたように身体が熱くなり、根こそぎ力が抜けてしまう。だらりと嵩那に身を任せ、白昼夢《はくちゅうむ》でも見ているような心地になる。

現実とも思えぬ時が流れ、嵩那はようやく唇を離した。

伊子は呆《ほう》けたように彼を見る。身体が離れてもなお、全身をたぎらせるような激しい熱は容易に冷めてくれない。嵩那は双眸《そうぼう》に力をこめ、深くうなずいた。それが意味するところを伊子が理解する前に、彼は踵《きびす》を返した。

足の力が抜け、伊子はその場にへたりこんだ。それでも遠ざかる背を懸命に目で追いつづけたが、白い直衣はやがて渡殿《わたどの》の先に広がる一段と深い闇に消えていってしまった。


どうやって局《つぼね》に戻ったのかは覚えていない。

仮眠をしつつ待っていた千草は、寝支度《ねじたく》の間ずっと寝ぼけ眼《まなこ》だったので、とやかく問われることがなかったのは幸いだった。

枕に頭をつけたときは先ほどの口づけが脳裏《のうり》を過《よ》ぎり、眠れるだろうかと危ぶんだ。しかし目を瞑《つむ》るとたちまち深い眠りに引きずりこまれ、気がついたらもう朝だった。

思った以上に太い自分の神経に、気恥ずかしいやら、呆《あき》れるやらだが、その反面頼もしくもあった。そうだ。いかに気まずかろうが、昨日のことは昨日のこととして、今日は今日の務めを果たさなければならない。

（それに、探らなければならぬこともたんとあるのだから）

その日の伊子は、いつもより気合いを入れて衣を選んだ。蘇芳《すおう》色の唐衣《からぎぬ》の下には、濃き紫地葡萄立涌《ぶどうたてわく》に赤糸で尾長鳥丸《おながどりのまる》を上紋様に織《お》り出した二陪織物《ふたえおりもの》の表着《うわぎ》。紫の匂の五つ衣《いつぎぬ》の袖口《そでぐち》からは紅の単《ひとえ》をのぞかせる。

裾《すそ》を引きつつ『鬼の間』に入ると、勾当内侍《こうとうのないし》が目敏《めざと》く気づく。

「おはようございます、尚侍《かん》の君《きみ》。今日は特に趣味の良いお召し物でございますね」

中臈《ちゅうろう》以下には許されぬ綾織《あやおり》の唐衣に、控えていた女房達も羨望《せんぼう》の眼差《まなざ》しをむける。

普段はあまり意識しない矜持《きょうじ》をくすぐられ、伊子は気合いを入れなおした。

帝《みかど》は朝の遥拝《ようはい》を済ませたあと、御座所《おましどころ》に戻って朝餉《あさげ》を取る。伊子は陪膳《ばいぜん》（給仕）の女房として伺候《しこう》することが日課となっている。帝の食の進み具合がいつもと変わらぬことに、ひとまずほっとした。

「本日の御膳《ごぜん》はいかがでしたか？」

食後の白湯《さゆ》をすすっているところを見計らい、伊子は話しかけた。それまで必要外の声かけはしていなかった。帝が発する気まずい空気を、はっきりと感じていたからだ。

帝は器《うつわ》を口許《くちもと》から離し、伊子のほうを見た。肌には玉のように艶《つや》があり、血色は変わらず良い。

「うん。いつもと同じで美味であった」

ややぎこちなく言ったあと、帝は頬を赤くした。

「昨夜は、手間を取らせてすまなかった」

「なにを仰《おつしや》いますか」

あわてて伊子は言った。

「主上《おかみ》に御仕えする尚侍《ないしのかみ》としてとうぜんのことでございます。そもそも私はあの場ではなにもできませんでした。宮様がお出で下さらなければ、いかようになっていたか……」

そこから先、伊子は語尾を濁《にご》した。ここでその話題をつづけてよいものなのか判断がつけられなかったからだ。

帝の窮地《きゅうち》を救ったのは、間違いなく嵩那だった。だが善意と必然性にせまられての彼の行動に、帝は感謝の気持ちと同時にある種の屈託を覚えてしまっていたであろうから。

しばしの沈黙のあと、帝は小さくうなずいた。

「やはり、宮は優れた御方だ」

まるで観念したかのような物言いだった。

「思うところは色々おありだろうに、私を救うことになにも躊躇《ちゅうちょ》なさらなかった。あの方は昔からそうであった。あらゆることに秀でて人柄も優れ、私が幼き頃は、まるで実の兄のように優しく接してくださった」

嵩那が幼い帝に親しく接していたのは、姉斎院の養子であることも大きかっただろう。だからといって、嵩那の朗《ほが》らかで人好きのする気質は否定しようがない。

どうしようかと伊子は悩んだが、やはり訊かぬわけにはいかなかった。

「それで昨夜は、あのようなことを仰《おお》せになられたのですか？」

その問いに、帝は動揺《どうよう》も怒りもしなかった。おそらくどこかで出るものと覚悟していたのか、あるいは自分から言わねばならぬと思っていたのか。

いったん話を切って人払いをしたあと、あらためて伊子は問うた。

「以前より、宮様に東宮《とうぐう》になっていただきたいとお考えだったのでございますか？」

「ちがう」

はっきりと否定したあと、帝は声の調子を一段落とした。

「いや……埒《らち》も無きこととしてならば、考えたことはある。されど女宮と話をしているうちに、もしかしたらそれが道理なのではと思うようになってしまったのだ」

ここにきて出た女宮の名に、伊子は身構える。

御帳台《みちょうだい》で倒れる少し前、帝は地獄絵を鑑賞しながら女宮と話をしていた。一見してにこやかに見えたそのやり取りの内容こそ、伊子がなんとしても探らなければならぬと考えたものだった。女宮が先帝の手法、ひいては遠回しに今上《きんじょう》の立場を非難したことが、昨夜の嵩那に対する東宮位への要請に結びついたのではと勘ぐったのだ。

「女宮様から、なにか御非難を受けられましたか？」

単刀直入《たんとうちょくにゅう》な伊子の問いに、帝は「いや」と首を横に振った。

「批判的なことはなにひとつ仰せになられず、ひたすら御自分の兄上、つまり先々帝を讃《たた》えておられた。されどそれだからこそ、わが身の至らなさが身にしみた。その後の右大臣《うだいじん》と新大納言の対立を見て、仮に桐子に親王が生まれたとしても、のちの混乱を思えば安易にその子を後継とすることにいっそうためらいを覚えた」

切々と帝は訴える。女宮が自分の兄、すなわち嵩那の父帝を尊崇《そんすう》していたことは聞いている。もちろんそれ自体はなんの問題もない。さりとてどういう言い方をすれば、帝がこれほど気に病《や》む結果になるのか不思議でならなかった。

そこで伊子は思い直した。

もしかしたら女宮の弁ではなく、帝自身の繊細《せんさい》さと、物心ついた時から祖父の強引な手法を目《ま》の当たりにしてきた背景が大きな要因なのかもしれない。

であれば、とうぜん罪悪感はあるだろう。しかしそれは帝の責任ではない。多少の良心の呵責《かしやく》は覚えても、わが子が生まれようとしているこの時期に、他の皇親への立坊《りつぼう》要請など無茶すぎる。まして嵩那自身がそれを望んでいないというのに――。

「確かに式部卿《しきぶのきょうの》宮《みや》様は優れた御方です。されど主上よりずっとご年長で、まして只《ただ》の親王としてここまでお過ごしになられた御方に、いきなり東宮となることをお求めになられるのは酷《こく》ではないでしょうか」

「それはちがう」

あまりに即座に否定され、反発の気持ちも起きてこなかった。

伊子は虚をつかれたようなった。

「全ての親王は帝に不測の事態が起きたときのための、駒《こま》として控えさせられている。この国にけして空位を生じさせぬために、あの方達は日々を過ごさなければならないのだ。

親王であるかぎり、宮とてその覚悟はお持ちだろう」

伊子は自分が知らなかった、嵩那の新しい一面を知らされた気がした。

先日、女宮は内親王《ないしんのう》とは甲斐《かい》無き者だと言った。

まず誕生した段階で、男児を望む世間から失望される。年頃になっても結婚の可能性は低く、そうなると子を産むことも考えられないからというのが主たる理由だった。

ではいっぽうで、親王はどうなのだろう。

確かに即位という可能性は、皇族の男子であれば誰しもある。しかし権門《けんもん》の後ろ盾が物を言う時代、現実的には帝位につく親王は限られている。だというのに万が一のためだけに、その心がけを持って一生を過ごさなければならないというのは、言い方は悪いが飼い殺しも同然ではないか。これでは人が人の為に身を尽くすのではなく、帝位という存在の為に人が身を尽くさせられているも同然ではないだろうか。

しかしそう考えると、内親王と逆の立場にある権門の女とて同じことだ。入内《じゅだい》をし、駒となる男児を産むことだけを望まれる。これも帝位という存在のためだ。男児を産まなければ失望され、男児を産んだとしても駒で終わってしまえば誰にも評価されない。

いったい人がこの世に在る甲斐とは、なんなのだろう。不意を襲うように、なんとも言えない虚しさが伊子の胸に押し寄せた。

帝はさらに話をつづけた。

「もちろん私とて、十三歳も年上の宮を東宮に据えるなど現実的でないことなど分かっている。されど――」

そこで帝はいったん言葉を切り、消え入るような声で言った。

「正直な気持ちを申せば、そうなればとうぶんはいらぬ権力争いが避けられるという願望はあるのだ」

苦しい胸の内の吐露であったのだろうが、それはまちがいなく帝の本音であった。

桐子の産む子が男児だった場合の処遇が、帝にとって憂慮《ゆうりょ》にたえない事案であることは伊子ももちろん察していた。しかしその不安が想像以上であったことを知らされ、少なからず衝撃を受けた。

自身が口にした言葉の言い訳でもするように、さらに帝はつづけた。

「されど順当に考えれば、それはただの飼い殺しだ。さような立場を、宮に強《し》いるわけにはいかぬ」

東宮という地位に就《つ》かずとも、親王という立場自体が飼い殺しだと思ったことはもちろん口にはできなかった。しかし己の憂慮《ゆうりょ》を晴らすために、他人に苦しい立場を強いることなどできぬという帝の言い分は、人として正しいものだった。

それが分かっていながら立坊の要請を口走ってしまうほど、あのときの帝は追いつめられていたのだろうか。

伊子の視線の先で、帝は途方に暮れた面持《おもも》ちを浮かべている。

「あのように、甘えたことを口にしてしまった己が恥ずかしい」

「!?」

そのとき伊子の心に、よもやの思いが生じた。

「主上」

一瞬の躊躇《ためら》いのあと、思いきって伊子は尋ねた。

「よもや退位など、お考えではありませぬか?」

後継に関する臣下達の争い。女宮を筆頭とした、先々帝の系統に対する罪悪感。そんなもろもろの理由から、帝がいまの立場を苦しく思い厭世《えんせい》的な気持ちになり、それで嵩那に立坊を要請してしまったのだとしたら——。

「それはない」

はっきりと帝は否定した。それがあまりにも毅然《きぜん》としていたので、伊子は一瞬拍子抜けさえした。

「私は物心ついたときから天子となることを言われて育った。だからこそこの立場を天命だと思っている。天が私を退けないかぎりは務めを全《まっと》うするつもりでいる」

伊子は己の浅はかな不安を恥じた。

この御方はそのように軽々しい人物ではない。

もちろん帝とはいえ人間だ。ときには重圧や罪悪感に押しつぶされそうにもなるし、なにもかも投げ捨てたいように思うこともあるだろう。嵩那に立坊を懇願《こんがん》したのも、その心の揺れからだったのかもしれない。

それでもこの少年は、帝位に自分が身を尽くすことによって、帝という存在を人が身を尽くすにふさわしいものにしているのだ。

(なんと、お美しい)

感嘆《かんたん》の息さえつきたくなった。もともと美しい方だと思っていたが、これほどとは思わなかった。単純に容色の問題ではなく、その内面には凛《りん》として崇高な、玉のような輝きがある。

伊子は恭《うやうや》しげに頭を下げた。

「主上の御心内《おこころうち》も存ぜず、愚かなことを申しました」

帝はしばし黙っていたが、改めてのように呼びかけた。

「尚侍《かん》の君《きみ》。先ほどあなたは、自分はなにもしていないと言ったね」

伊子は顔をあげた。確かに言った。倒れた帝を救ったのは嵩那で、自分はなにもしていないと。それは間違いない事実である。

「けれどあの後あなたが宮を追いかけていたら、私はきっと打ちのめされていたよ」

とつぜん脳裏《のうり》に、昨夜嵩那から受けた口づけが思い浮かんだ。骨を砕《くだ》くようなきつい抱擁《ほうよう》も——触れた唇の熱さ、抱きしめられた身体《からだ》の痛み、それらの感触とともにまざまざとよみがえる。

昂揚《こうよう》していた心に、冷たい水を浴びせられた。

帝の元に留まった自分の判断は、はたして正しかったのだろうか？

とつぜんの疑念を抑えきれない伊子に、ひたむきな眼差《まなざ》しを向けて帝は言った。

「私がこうしてここにいられるのは、あなたが身を尽くして仕えてくれているからなのだよ」

申《さる》の刻（午後四時）の夕餉《ゆうげ》の陪膳《ばいぜん》を終えてから、伊子はいったん承香殿《しょうきょうでん》に戻った。

なんやかんや話しかけようとしてくる千草達にも、読みたい本があると嘘を言って局《つぼね》に籠《こ》もった。

どうしたら良いのだろう。

仕事をしている間は考えずにいられた煩《わずら》い事が、ここにきて一気に押し寄せてきた。

畏《おそ》れ多き言いようではあるが、もはや逃げようがなかった。

尚侍《ないしのかみ》という高位を叙《じょ》されている以上、辞官には帝の許可を得なければならない。

宮仕えに遣《や》り甲斐を感じ、辞めたくないとずっと思っていた。

だがもはや、そんな単純な思いで決められる問題ではなくなってしまっている。

帝は伊子を離さないだろう。昨夜、彼の傍に留まったことがその想いにさらなる拍車をかけたのだとしたら、自分はなんと罪なことをしてしまったことか。

帝という至高の存在から求められておきながら、拒《こば》むなど畏れ多い。いまでこそ穏やかさを保ってくれているが、あまりに過ぎれば不興を買うこともありうる。そうなればようやく政《まつりごと》の場に復帰を為した父・顕充。妻子のある弟・実顕《さねあきら》にも累《るい》が及ぶかもしれない。

だけど伊子も、どうやっても嵩那を諦められないのだ。

どんなに固く目を瞑《つむ》っても、瞼《まぶた》の裏に焼きついたように彼の姿が思い浮かぶ。

双眸《そうぼう》に力をこめ、力強くうなずいたあの表情。抱きしめられたとき、むせかえるほどに感じた黒方の香。背中に回された熱い手と、強引に重ねられた唇。思いだしただけで、意志とは裏腹に歓喜で身体が震えてしまう。

たとえ心を殺して入内に挑んだところで、鋭敏な帝はすぐに気づくはずだ。それはさらなる不興……いや、それ以上に帝の心を傷つけてしまうだろう。

（いかにしたものか……）

一筋の光明すら見つけることができずに、伊子は脇息《きょうそく》に突っ伏した。

そうやって時を過ごして亥《い》の二刻（午後十一時頃）を回った頃、顕充が訪ねてきた。

初夜の法会《ほうえ》は夢見を理由に自宅にこもっていた顕充だったが、本日の中夜には出席するつもりで参内《さんだい》し、自邸で行った法会のために作らせたという唐菓子《からくだもの》をたんと差し入れてくれた。伊子は千草に言って、高杯《たかつき》に山盛り積んだそれを端女《はしため》も含めた全員に配らせた。

小麦粉を練って油で揚げた伏兎《ぶと》と捻頭《むぎかた》は、甘葛汁《あまずらじる》を混ぜて甘味を加えたもの。同じく麦の粉《ね》を使った餛飩《こんとん》は、鴨《かも》の肉を刻んで餡《あん》にした団子。餅餤《べいたん》は菜物と鴨の卵を刻みいれた餅《もち》で、子の三刻（午前二時）に始まる法会を待つための夜食にはうってつけだ。

女房達が歓声を上げる中、伊子は顕充を母屋《もや》に招きいれた。

「それにしても随分《ずいぶん》早い御参内ですね。法会の開始まではまだだいぶんありますのに」

「実はこのあと、入道の女宮様のところにお訪ねすることになっておるのじゃ」

檜扇《ひおうぎ》の内側で伊子は息を呑《の》んだ。にこにこと笑みを絶やさぬ父の表情からは、警戒した様子はうかがえない。

詰めよりたい衝動をぐっと抑え、伊子は問うた。

「女宮様？　まあ、それはいったいなにゆえにございますか？」

「五節舞《ごせちまい》のさいに援助をしてくださったであろう。その件にかんして礼の文《ふみ》を差し上げていたのじゃ。すると女宮様のほうから連絡を戴《いただ》いて、こたびの御参内を機に一度挨拶《あいさつ》をしたいと仰《おお》せでのう」

ありがたいお申し出じゃ、と顕充は相好《そうごう》を崩す。

なるほど。もっともらしい理由で疑う余地は無い。だからといって安心するほど能天気ではない。

顕充が出て行ったあと、伊子はまたもや頭を抱えこんだ。

いったいこれはどういうことだろう。先帝の御世であれば、女宮が顕充に接近する理由は分かる。なにしろ顕充は先帝の怒りに触れ、長年不遇を託《かこ》っていたのだ。

だが今上《きんじょう》の世での顕充は、一番の寵臣《ちょうしん》である。

その父に、女宮が近づこうとしている。

単純に今上とさらなる和解を求めてのことと考えるべきかもしれない。そもそも今回の参内もその心積もりなのだろうと、皆同意したではないか。確かに女宮の言動には驚かされるものもあったが、今上に批判的な発言はひとつもなかった。

なにゆえこれほど彼女に引っかかるのか、伊子は自身でも分からなかった。

（それなのに――）

御仏名《おぶつみょう》中夜。

初夜の日と同様、参加者達は清涼殿《せいりょうでん》にて導師の入場を待っていた。

「姫様、女宮様が――」

千草の耳打ちに、伊子は立ち上がって出迎えに上がる。これは特別にではなく、昨夜も同じであった。

西廂《にしひさし》との境を為す襖障子《ふすましょうじ》が女房の手によって開かれると、女宮が姿を見せた。東廂側に参列している朝臣《ちょうしん》達に姿を見せぬよう、西廂の『鬼の間』から母屋に上がったのだ。初夜の日と同じ香染の小袿《こうちぎ》姿。ぴんっと張った純白の頭巾が形の良い頭を包んでいる。

「ご案内致します。どうぞこちらに」

話しかけた伊子に、女宮は優雅な、しかしなにか含んだような微笑を見せた。

身構えつつも伊子は、平静を装《よそお》った。

「そういえば、父をご招待下さったとお聞きいたしました」

「ええ。さすが左の大臣。とても徳のある人柄とお見受けしました。一度お話をしただけですが、すっかり好きになってしまいました。今後も仲良くしていただきたいと心より思っております」

この〝好き〟が、色恋の意味でないことは、もちろん分かっている。だからこそ伊子は警戒していた。これは本心なのか？　本当に今上に対してなんの屈託も無く、彼の寵臣である父に近づいたのだろうか。

そのとき女宮がすっと近づいてきた。まるで女が男にしなだれかかるように、上目遣いに伊子を見つめ、誘惑するような口調で言った。


「五の宮と、結婚させてあげましょうか」


その途端、あれだけざわついていた周囲の音が全て遠ざかった。

これ以上ないほど単純な言葉にもかかわらず、意味するところが理解できない。

耳を疑うような伊子の表情にも、女宮はまったく動じた気配はない。それどころか彼女とは思えぬほど、やけに蓮《はす》っ葉《ぱ》な口調で言った。

「だってそんなになにもかも独《ひと》り占《じ》めするだなんて、ずるいじゃない」

想像すらしなかった発言が、乱れる伊子の心に深々と突き刺さった。

ずるい、という言葉は先帝にではない。今上に対してだ。

嵩那から帝位を奪っておいて、恋人までをも自分のものにしようとしている。そんなのはずるいんじゃない？　冷ややかな嘲《あざけ》りの奥に、燃えるような憎悪が見えた気がした。

「席はもう分かりますから、案内は結構。自分で参ります」

女宮は平然と告げるが、伊子は返事をすることができなかった。いま口を開いたら、強い口調でとんでもないことを口走りそうだった。冷静になるよう自分に言い聞かせる伊子に、女宮はすれちがいざまにとどめをさすかのごとく言った。

「すべて私に委《ゆだ》ねなさい。けして悪いようにはいたしません」

「!?」

ぎょっとして振り返った伊子の目に、しずしずと進む女宮の白い頭巾が焼きついた。だがそれは瞬く間に、お付きの女房達の間に隠れて見えなくなってしまった。

その場に立ち尽くし、伊子は呆然《ぼうぜん》とあらぬ方向を見つめていた。早く席に戻らなければ不審に思われるだろうに、足がなかなか動いてくれない。そろそろ導師も入場してくるというのに、いったいなにをしているのか。

内心で自分を叱《しか》りつけながら踵《きびす》を返したそのせつな、視界に女宮が献上した屏風《びょうぶ》が飛びこんできた。気になってしかたがなかった、あの一角。恐ろしげな鬼達に残酷《ざんこく》に責められる亡者達を描いた身の毛もよだつ地獄絵が、唐突《とうとつ》に伊子の古い記憶を呼び戻した。

（あれは……）

口許《くちもと》に手をやり、漏《も》れでそうになる悲鳴を抑える。

最初に見たときから、なにか覚えがあるとずっと気になっていた。いままさに、それを思いだしたのだ。そうだ。あれは、あの構図は──。


法会《ほうえ》が終わってから、伊子は麗景殿《れいけいでん》にむかった。

儀式の最中に、女宮からその旨《むね》を要請する文《ふみ》が届いたからだ。元よりそんなものがなくとも訪ねるつもりでいたから、まさしく望むところである。ただ法会の間中ずっと対応を練《ね》っていたので、声明も導師のありがたい説法も、完全に上の空で聞いていたことは罰当たりが過ぎたかもしれない。

本音を言えば先に顕充のところに行って、女宮との面談の様子を訊いたうえで臨《のぞ》みたかったのだが、彼は法会が終わったあとすぐにどこかに行ってしまい、見つけることは叶わなかった。

千草はついてくると言ったが、伊子は許さなかった。地獄絵の真相から多少なりとも女宮の本心を知った現状では、迂闊《うかつ》に人を入れたくなかった。千草のことはもちろん信じているが、話を聞かせたことで彼女を巻きこむ次第になってはならない。

妻戸《つまど》を叩くと中から女房が現れ、奥へと伊子を導いた。御簾《みす》を下ろした母屋にはぽつぽつと小さな明かりが浮かんでいたが、人の声は聞こえず、静まり返った中に伊子と先導の女房の衣擦《きぬず》れの音だけが響いている。

「こちらへ」

女房が御簾を持ち上げた先には、女宮が座っていた。

大殿油《おおとのあぶら》の明かりに照らされた彼女は、頭巾を外して白銀の髪を肩にと散らしていた。衣も含めて全て淡い色合いの姿が、暗い中で幽玄《ゆうげん》に浮かびあがっている。

「いらっしゃい」

上機嫌な女宮に、伊子は無言を貫いたままで向かいの座に座る。あの地獄絵の意図が分かったからには愛想よくなどできるはずがない。嫌がらせにしても悪意がありすぎる。

不信と憤《いきどお》りで胸中渦巻《うずま》く伊子に、余裕綽々《しゃくしゃく》の態《てい》で女宮は話しかけた。

「尚侍《かん》の君《きみ》は、五の宮のことをどう思っていらっしゃいますか?」

「お答えする必要がございますでしょうか?」

とりつくしまも無い伊子の返答に、女宮は微塵《みじん》も動揺《どうよう》を見せなかった。それから二人の女は、たがいに相手を威嚇《いかく》するように見つめあう。だが大殿油の炎がゆらめいたのを見て、根負けしたかのごとく伊子は口を開いた。

「あの地獄絵の鬼は、大伯瀬幼武天皇《おおはつせわかたけるのすめらみこと》ではありませんか？」

女宮は目を大きく瞬かせ、さも感心したようにうなずく。小馬鹿にされたような反応が癪《しゃく》に障《さわ》る。

「良くお気づきになられたこと」

いけしゃあしゃあと応じられ、伊子の中での憤りがいっそう強まる。

大伯瀬幼武天皇とは、第二十一代雄略《ゆうりやく》天皇のことである。

古事記《こじき》によればこの帝は、兄帝・安康《あんこう》天皇が、従弟《いとこ》である七歳の目弱王《まよわかおう》に仇《かたき》として暗殺されたことをきっかけに、自身の二人の兄をそれぞれ斬殺《ざんさつ》、生き埋めという非情な手段で弑《しい》し、ひいては目弱王を彼を匿《かくま》った忠臣とともに責め滅ぼした。あげくは有力な皇位継承の候補者であった従兄弟《いとこ》・忍歯王《おしはのおう》（履中《りちゆう》天皇皇子）を射殺《いころ》し、その遺体をばらばらにして飼葉桶《かいばおけ》に放りこんで埋めてしまったという、非道な経歴の持ち主だった。

そうだ。あの地獄図の亡者達は、全て彼らと同じ仕打ちを受けていた。

何人もの皇位継承候補者を殺害して即位をした大伯瀬は、彼等の子を排除して自分の息子を世継ぎにと定めてしまう。そのうえでなお、在位中も数々の残虐《ざんぎやく》な行為で人々を恐れさせた。

「異母弟はしばしば、雄略帝に喩《たと》えられたと聞いていましたからね。ぴったりだと思ったのですよ」

なにが問題なのだと言わんばかり、女宮には悪びれたようすはかけらもない。

横暴なふるまいを繰り返していた先帝が、朝臣達から雄略天皇の再来と囁《ささや》かれていたのは有名な話だ。彼の御世は自宅にこもっていた伊子ですら知っているぐらいに。

なんとも回りくどい、しかし強烈な嫌がらせである。もっともそれがただの嫌がらせだけであれば、黙って見ないふりもできるのだが――。

「雄略帝亡き後のことは、ご存じですよね」

「もちろん」

用心深く問う伊子とは対照的に、やたら明るい声で女宮は答えた。

「雄略帝の御子・白髪王《しらかのおう》は、即位するも子をもうけないまま亡くなりましたから、皇統は殺された忍歯王の遺児達に戻りましたね」

もはや誤魔化《ごまか》そうとすらしていない。やはり確信犯なのかと、伊子は不信の色をあからさまにした目で女宮を見た。

白髪王は、第二十二代清寧《せいねい》天皇である。生まれついて髪が白かったため、父・雄略帝はその姿に霊威を覚えて自分の後継者とした。しかし彼は生涯后妃《しょうがいこうひ》を持たず、結果として後継となる子をもうけることはなかった。紆余曲折《うよきょくせつ》の末、殺された忍歯王の遺児達が後継として迎え入れられ、それぞれ顕宗《けんぞう》天皇、仁賢《にんけん》天皇となったのである。

地獄図の意図が単なる嫌がらせではなく、その先まで向いていたとしたら。

（この御方が、お父様に近づいた理由は――）

ごくりと唾《つば》を飲んだとき、荒々しい足音が響いた。

何事かと思った矢先、背後の御簾が乱暴に持ち上がった。入ってきたのは嵩那だった。

「大君《おおいきみ》!?」

嵩那は驚きの声をあげた。もちろん伊子も驚いたが、嵩那はそれ以上のようだ。

確かにいかに御仏名で宵《よい》っ張《ぱ》りが多かったとしても、他人の局《つぼね》を訪ねる刻ではない。お互い様に。

「五の宮。なんですか、騒々しい」

やんわりと女宮はたしなめた。緊迫した空気の中、場違いに取り澄ました口調がかえって恐ろしい。伊子がいたことに虚をつかれていたようになっていた嵩那は、その呼びかけで我を取り戻したようだった。

御簾を背に仁王立《におうだ》ち、嵩那は女宮に食ってかかった。

「なぜ左の大臣に、あのようなことを仰《おお》せになられたのですか？」

顕充の呼称が出たことに伊子はぎょっとする。

法会が終わったあと捜しても見つからなかった顕充は、では嵩那に会っていたというのか。その結果、彼は怒りも露にここに飛びこんできた。

伊子は神経を研《と》ぎ澄ませて、二人を注視した。

いま嵩那が口にした〝あのようなこと〟とは、ひょっとして伊子の推察を裏付けるものではないのか。挑発的な地獄図を献上したことに目的があったとしたら、女宮は己の野望を果たすために顕充に近づいたのではないのだろうか――。

「それは、あなたと尚侍の君が妹背《いもせ》であったということですか？」

動じた気配もなく答えた女宮に、嵩那は気色《けしき》ばむ。

「なんの権利があって、人の密事を他人に打ち明けたりなさるのですか！」

確かに嵩那は幾人かの人物に、十年前に恋仲であったことを隠すつもりはないと公言していた。だが女宮がそれを顕充に告げる行為には、あきらかな作為がある。

しかし女宮の態度は変わらなかった。

「だってあなた達は、いまでも想いあっているのでしょう？」

あまりにも核心をつかれ、伊子と嵩那は反論の言葉を失う。

十年前の破綻《はたん》を経て、二人がいまふたたび想いあっていることをいかにして女宮は調べたものか。いや、彼女の洞察力を持ってすれば、一目瞭然《いちもくりょうぜん》だったのかもしれない。

押し黙る二人に、女宮の瞳が挑発的に輝いた。

「帝《みかど》から想い人を奪うには、帝となるのが最善ですよ」

微塵の躊躇《ためら》いもない女宮の言葉に、伊子は合点《がてん》がいった。

やはり、そうだった。女宮の目的は嫌がらせなど可愛《かわい》いものではなく、先帝に奪われた皇統を、ふたたび取り戻すことだったのだ。

その旗印に選ばれたのが、嵩那。

女宮は権門《けんもん》を外戚《がいせき》に持たぬ彼を帝にするために、伊子との関係を理由に、左大臣《さだいじん》・顕充を取りこもうと企《たくら》んでいるのだ。

藤壺女御《ふじつぼのにょうご》こと桐子の懐妊《かいにん》に警戒している公卿《くぎょう》達は多い。新大納言などその筆頭だ。

その彼らを顕充とともに自分の陣営につけることができれば、右大臣《うだいじん》をはじめとした今上《きんじょう》派に対抗できる勢力を築くことができる。右大臣も別に嫌われ者ではないが、人望の点では圧倒的に顕充に軍配があがる。

もちろん今上に忠誠を誓っている顕充を取りこむことは容易ではない。

そのために女宮が目をつけたのが、伊子と嵩那の関係だったのだ。娘を好いた相手に添《そ》い遂《と》げさせてやりたいという親心を揺さぶりながら、帝の女婿、ひいては外祖父となれる可能性を示唆《しさ》したのだろう。

「立坊《りつぼう》の話を、お受けなさいませ」

拳《こぶし》を震わせて立ち尽くす嵩那に、女宮は命ずるかのごとく言った。

「左の大臣の反応は、まんざらでもないようでした。まずはあなたと尚侍《かん》の君《きみ》の気持ちを確認したいとは言っておられましたが、そうなれば右大臣と新大納言の権勢の均衡を計ることが出来るし、なにより主上《おかみ》が宮の立坊を望んでおられる旨《むね》を伝えましたので、彼にとっては悪い話ではないでしょう」

確かにそれは嘘ではない。だが帝は、自分より年長の嵩那を東宮《とうぐう》に据えることは、彼を飼い殺しにする結果になりかねないと言って躊躇《ちゅうちょ》していた。帝には譲位《じょうい》をするつもりがないのだからとうぜんだ。

もちろん女宮が、そんな事態を甘受《かんじゅ》するわけがない。

伊子との結婚を餌《えさ》に嵩那を立坊させたあと、彼女が目論《もくろ》んでいるのは帝の譲位だ。そのために新大納言を手なずけ、ここにきてついに顕充にも接触した。

嵩那は女宮の眉間《みけん》をじっと睨《にら》みつけていたが、不意にぐいっと右の掌を突き出した。

「願文をお見せいただけますか？」

唐突《とうとつ》な要求に、女宮は目を瞬かせた。

御仏名《おぶつみよう》の初日。女宮は桐子の安産祈願の願文を立てている最中だと公言していた。だがそれは、彼女の本当の目的と矛盾《むじゆん》する。願文が安産の祈願ではなく、桐子と御子に災《わざわ》いが振りかかるようと願うものであったとしたら――。

「私は呪詛《じゆそ》など致しておりませぬよ」

女宮は苦笑した。心を読まれたのかと思ってひやりとした。しかし嵩那に動揺《どうよう》したふうもなく、厳しい態度を崩さぬままだ。

「さようなことは心配しておりませぬ。呪詛は発覚すれば遠流《おんる》も免れぬ重罪。叔母上《おばうえ》ともあろう御方が、そんな御自分の首を絞《し》めるような愚かな真似《まね》をなさるはずがない」

「まあ、ずいぶんと高く評価をしてくださっているのね」

女宮は声をあげて笑った。にこりともしない嵩那とはどこまでも対照的だった。

伊子は息を詰め、二人のやりとりを交互に見守る。表情は対照的なのに、双方からは同じように、相手を威嚇《いかく》する鋭い空気をひしひしと肌で感じる。

「承知致しました。まだ途中ですけれどね」

あっさりと女宮が承諾《しようだく》をし、伊子は拍子抜けした。

程なくして女房が文箱《ふばこ》を持ってやってきた。流紋の蒔絵《まきえ》を施《ほどこ》した漆《うるし》塗りの箱が嵩那に手渡される。彼は灯火の傍に寄ると、荒々しく腰を下ろした。畳《たたみ》どころか円座《わろうだ》もない状況など気にするふうもなく、箱の中に収められていた料紙《りようし》を読み進めてゆく。

やがてある箇所《かしょ》で、嵩那の視線が止まった。

不安げな面持《おもも》ちの伊子をよそに、嵩那は紙面から顔を上げて女宮を見る。

「何卒《なにとぞ》今上のもとに、健《すこ》やかで、玉のように美しき女児を参らせたまえ」

感情をこめずに告げられた言葉が、願文の朗読だととっさには分からなかった。

なるほど、確かに呪詛ではない。そして安産祈願で間違いはない。だがこれが善意の結果であるわけがなかった。

「事が公《おおやけ》になる前に、お取り下げください」

母親のような年齢の人に対して、叱《しか》りつけるように嵩那は言った。

「呪詛として扱われずとも、かようなことを願立てしたと知られれば、謀反《むほん》の意有りとされてもしかたがないのですよ」

嵩那の怒りはもっともである。女宮の意図が明るみに出れば、彼女はもちろん嵩那の立場も危うくなる。女宮は御所とは距離を置いていたから、いまさら疎まれたところで痛くも痒くもないかもしれないが、嵩那はそうはいかない。そのときのために顕充や新大納言を取りこもうとしているのだろうが、現状で明るみに出れば嵩那の身に火の粉がかかるだけだ。

ふと見ると女宮の表情からは、それまで浮かんでいたうっすらとした笑みが消え去っていた。かといって狼狽《ろうばい》した様子も怒った様子もなく、まるで面をかぶったように感情のない面持ちで女宮は口を開いた。

「なぜ、女子《おなご》ではならぬのですか？」

冷ややかで鋭い物言いは、まるで氷柱《つらら》のようだった。

嵩那だけでなく、伊子も反論の言葉を失った。

「同じ帝の御子なのに、なにゆえ女子はそれほど疎まれねばならぬのです。同じ女子でも権門の娘であれば〝后《きさき》がね〟と歓迎されるのに、なにゆえ帝の女子はそのように失望されねばならぬのですか？」

感情のこもらぬ淡々とした物言いだった。だが女宮の言葉は一度も滞《とどこお》ることなく、渓《けい》流《りゅう》のようにほとばしった。抑制した表情だからこそ、彼女が長年溜めこんできた鬱屈《うっくつ》や憤《いきどお》りが伝わってくる。

帝の御子。特に権門の娘が母であった場合、身内はほぼ男児誕生を願う。それは裏返せば、女児が産まれたときの失望を意味していた。女宮のように聡明な人間であれば、物心ついたときから周りの自分に対する失望を肌で感じていたのだろう。

いつのまにか伊子の中にあった女宮に対する怒りと恐れは萎《しぼ》み、代わりに同情とそれ以上の憐憫《れんびん》が膨《ふく》れ上がっていた。

失望され、なにも期待されず、ただ内親王《ひめ》として在ることだけを強制される。そんな自分の立場を自覚したときの女宮の虚しさはいかほどのものだったのか。なまじかしこい人だけに、その歯痒《はがゆ》さは察して余りある。

そんな伊子の同情に、女宮はまったく気付く気配はない。だが気付かせてしまったのなら、かえって逆鱗《げきりん》に触れたかもしれなかった。

「兄帝の無念を果たすことは、内親王《ないしんのう》である私の使命です」

女宮は断言した。

異母兄に奪われた皇統を取り戻す。それはつまり、今上を譲位させて嵩那を皇位につけることだ。

先々帝がそれを望んでいたのかどうかなど、もはや問題ではない。いつの頃からか彼女は、それこそが我が天命と定めて執念を燃やしつづけていた。そしてそれこそが甲斐《かい》のない内親王として生まれた彼女の生きる源となっていたのだ。

女宮の迫力に、嵩那は気圧《けお》されたように絶句していた。

しかしいつしかその表情に、憐憫と諦観《ていかん》の色が濃く滲《にじ》みだす。しばしの思案のあと、彼は眦《まなじり》を決したように口を開いた。

「東宮になってもかまいませんよ」

息を吞《の》む伊子の前で、女宮は快心の笑みを浮かべたのだが――。

「ですが帝は、譲位などなさいませぬ」

きっぱりと嵩那は言った。

「もちろん。さようなことは覚悟の上――」

軒昂とした女宮の反論を、嵩那は途中で遮《さえぎ》った。

「左の大臣は私に仰《おつしや》いました。私と大君《おおいきみ》がまことに想いあっているのなら、添わせてやりたいと考えている。仮にそれで左大臣家が帝の不興を買うことになったとしたら、それはもう仕方がないことだから、気にする必要はないと――」

それまで自信満々だった女宮の表情が歪んだ。

ここに飛びこんでくる直前の、嵩那と顕充の会話の内容がいま明らかになった。

顕充には今上を裏切るつもりは欠片《かけら》もない。かといって今上に取り入る為に、伊子に無理を強《し》いるつもりもないのだ。

伊子と嵩那が想いあっているのなら、気持ちに従って添い遂げるべしと考えている。顕充自身はただただ親心と良心に添って動く所存で、その結果が不利益としてわが身に降りかかったとしても、甘んじて受け入れる覚悟を持っているのだ。かつて伊子の入内《じゅだい》を拒《こば》んだことで、先帝の怒りを買って不遇を託《かこ》つたときのように。

この顕充の真意は、さすがの女宮にも予想外のようだった。

露骨にうろたえる女宮に、静かに嵩那は言った。

「叔母上。それでもあなたは諦めなどしないのでしょうね」

女宮はぎっと嵩那を睨みつけた。その瞳に動揺《どうよう》の色は浮かんでいたが、炎のような激しい光は消えていない。目をあわせただけで焼き尽くされそうな迫力に、伊子は思わず身を震わせる。

嵩那は居住まいを保ったまま、話をつづけた。

「それが叔母上の生き甲斐だというのなら、諦めることもありますまい。なれど私も自分の意志を貫くのみでございます」

やはり嵩那も分かっているのだ。女宮が兄帝の系譜を取り戻すという妄執《もうしゅう》により、内親王という自分の立場の虚しさを埋めているのだということを。そのうえで野望を諦めるように説得しても、かえってこの強烈な自我と個性を持った叔母の内なる炎に油をそそぐ結果にしかならないことも。

そうだ。この程度のことで、女宮は自分の野望を諦めたりはしない。

彼女は持てる力と知恵を徹底して駆使し、恐ろしいほどの執念で自分の目的を達しようとするだろう。なぜならそれが本来であれば生命が萎《な》えていこうとする齢《よわい》の老女に、尋《じん》常《じょう》ではない活力を与える結果になっているのだから。

「この願文の処遇は、お任せいたします」

かたりと音をたてて、嵩那は文箱の蓋《ふた》を閉じた。そして不審げな眼差《まなざ》しをむけてくる女宮にあらためて告げた。

「誤解を与えてしまいましたが、私個人の気持ちを申せば、女子ではならぬなどと考えたことは一度もございませぬ。どちらであろうと、あるいは健やかなる子でなかったとしても、生まれてきた生命《いのち》であることに変わりはない。その価値は自分自身が分かっていればよい――――けして他人の損得で決められるものでもないのです」

女宮の顔色がはっきりと変わった。

いまの嵩那の指摘は、彼が思うよりも深く女宮の心に突き刺さったにちがいない。

内親王など甲斐がない。女子ではなぜいけない。そう言って自分の鬱屈を表現した女宮だが、それこそ彼女自身が同じ考えに振り回されている証拠でもあるのだ。なぜならそんな言葉が出てくること自体〝結婚して子を産む〟あるいは〝帝位に即《つ》く〟という価値観に縛られてしまっている表れなのだ。だからこそ憎むべき今上《きんじょう》の御子が、ならぬ女子であるように願ったのではないか。

同時に伊子は、嵩那が即位の見込みもない東宮となることを拒まなかった理由を漠然《ばくぜん》とながらも理解した気がした。

親王という飼い殺しに近い存在として生まれたことで、彼は自分の価値を自分で決めることをすでに学んでいたのだ。

地位や権力。そんな自分の力ではどうにもならない運命は、唯々諾々《いいだくだく》と受け入れる。しかし時として襲いくる失望や虚しさには敢然《かんぜん》と抗《あらが》いつづけ、自分の内側を満たすことで人生を豊かなものにしようと、彼は試みつづけてきたのだ。

もちろん人が一人では生きられないかぎり、他人や社会への貢献は評価されて然《しか》るべきものである。だがそれとは別個の、もっと原始的で根幹的な人の部分。身分、性別、ひいては能力にも関係なく誰にでも等しく存在する、言うなれば魂の価値は、けして他人が決めてよいものではない。健やかなる子でなくとも生まれてきた生命《いのち》に変わりはないという嵩那の言い分は、そういう意味であるのだと伊子は悟った。

「長居を致しましたが、これで失礼いたします」

文箱《ふばこ》には一瞥《いちべつ》もくれず、嵩那は立ち上がった。女宮は唇を引き結んだまま、なにも言わないでいる。後を追うように伊子も立ち上がった。女宮と二人きりで残されることが恐ろしかったのもあるが、なにより嵩那の話をもっと聞きたいと思ったのだ。


麗景殿《れいけいでん》の東にある渡殿《わたどの》で、伊子は嵩那を呼び止めた。彼が進んでいた先には梨壺《なしつぼ》とその北舎がある。嵩那の直盧《じきろ》は後者に設《しつら》えられていた。

師走《しわす》の深更《しんこう》の空気は、頰《ほお》や指を切るように冷たい。だからこそ冬の星空は美しい。

立ち止まった嵩那に、伊子は足早に詰め寄る。

「帝位への執着がないにもかかわらず、東宮位をお受けしても良いとお答えになられたのは、女宮様をあはれと思《おぼ》し召されたからでございますか？」

伊子の問いに、嵩那は苦笑した。

「いえ、そこまでお人よしではありませぬよ」

一瞬拍子抜けしたが、普通に考えればそうであろうと思い直した。

嵩那は手にしていた檜扇《ひおうぎ》の先に、白い息を吹きかけた。

「叔母上《おばうえ》の目論《もくろ》みは、随分前《ずいぶん》より薄々と感じておりました。ゆえに敢《あ》えて距離を取っていたのですが、それでも執念が途切れることはなかったようです。それどころか今上の即位と女御の懐妊《かいにん》が、火をつけてしまったとみえる」

「私も、これで引き下がるような御方ではないと思います」

微塵《みじん》のためらいもない伊子の断言に、嵩那は相槌《あいづち》も打たずに軒端《のきば》のむこうに見える月にと視線を動かした。天頂から随分と落ちた半円形の更《ふ》け待《ま》ち月《づき》は、きらめく星々にかき消されてしまいそうな控えめな佇《たたず》まいを放っている。

嵩那の端整な横顔から漏《も》れる白い息が、夜の闇に溶けこんでゆく。

「いかなる立場にあろうと、私が私であることに変わりはありません」

沈黙からとつぜん、ぽつりと嵩那はつぶやいた。

伊子はその真意が曖昧《あいまい》にしか分からなかった。

いまの状況で、嵩那には三つの選択肢《し》がある。ひとつはいまのまま、一親王として過ごすこと。二つ目は帝《みかど》の要請を受け、権勢の均衡を保つ為に飼い殺しである東宮《とうぐう》位を敢えて受けること。そして三つ目は、女宮の策略にのって帝位を奪うことだ。

三つ目の選択肢は、嵩那も望んでいないだろう。だが二つ目を選んでしまえば、彼の意にかかわらず三つ目を目論む輩《やから》が必ず出てくる。いまのままで過ごすのが一番無難ではあるが、それではこの膠着《こうちゃく》した状態はなにも変わらない。その中でどの選択をしようと、自分は自分であると言いたかっただけなのか——。

「宮様？」

「左の大臣のお許しを得ることができました」

いつのまにか嵩那は、伊子のほうに向き直っていた。

眼差しから嵩那の決意を、目に見えるもののようにはっきりと感じた。

これまで嵩那が自分の想いを止めていたのは、保身ではなく周りに累《るい》が及ぶことを考えてのことだった。強引に事を運べば、伊子の一族が帝の不興を買う恐れがあった。もちろん今上の人柄を考えれば、顕充や実顕へのお咎《とが》めはない可能性も高い。しかしそれは騒動を起こす側が計算して良いことではない。

だが今宵《こよい》、嵩那は顕充の言質《げんち》を取ったのだ。

顧《かえり》みて自分の心はどうなのか？　伊子は己の心のありようを見つめた。

御帳台《みちようだい》に残ったことが正しかったのかと迷った。だが今は確信できる。あれは尚侍《ないしのかみ》としては正しい行動だった。たとえそれが、帝の心をさらに揺らす結果になったとしても、尚侍としてはあのように動かなければならなかったのだ。

だがいま、藤原伊子という一人の女人《によにん》として動くのだとしたら——。

自分の心が、俯瞰《ふかん》で見るようにはっきりと見えた。

他人を傷つけること、失望させることには心が痛む。

それでも偽りの心を見せつづけることのほうが、よほど罪であるにちがいない。

伊子は顎《あご》をもたげて、嵩那の視線を正面から受け止めた。

冴え冴えとした月光が、白い面輪《おもわ》を冷たく照らし出している。嘘偽りをすべて見抜くような鋭い視線は嵩那らしからぬものだったが、伊子はまったく動じなかった。

しばしの見つめあいのあと、嵩那は深く頷《うなず》き、そっと手を差しだした。

渡殿の先は、彼の直盧である。

しかし伊子は微塵も躊躇《ためら》うことなく、氷のように凍えた嵩那の指に触れ、それを強く握りしめた。

花万朶

「宮様。左大臣《さだいじん》の大姫様がおいでになられましたよ」

女房の報せに、柾那《まさふゆ》は籠《こ》もっていた几帳《きちょう》の陰から飛び出した。

「大君《おおいきみ》が!?」

目尻にはうっすらと涙の跡を残しているのに、その瞳は歓喜できらきらと輝いている。

それまでずっとぐずりつづけていた御年五歳の養《やしな》い君《きみ》のあまりの豹変《ひょうへん》振りに、乳母《めのと》の高《たか》倉《くら》は目を白黒させている。

本日、ここ紫野《むらさきの》の斎院《さいいん》御所《ごしょ》では『藤の宴《うたげ》』が催《もよお》されている。主である賀茂《かもの》斎院こと脩子《ながこ》内親王は、柾那の義母に当たる御方。その縁もあって、大人ばかりが集《つど》うこの宴に参加をさせられたのである。

先帝鍾愛《しょうあい》の内親王で、父・東宮《とうぐう》の従妹《いとこ》である斎院のことはもちろん好いている。華やかで美しく、女人《にょにん》としてはやや豪快が過ぎる嫌いはあるが、さばさばとして気取らない気質は子供の柾那にも親しみやすい人であった。

かといって、ずっと話しつづけられるかといえばさすがにちがう。そもそも彼女にも主催者としてやることが山ほどあるから、柾那の相手だけもしてはいられない。

同年代の子供の一人でもいてくれればずいぶんと違っただろうが、招待を受けた女人達はみなやかましくなることを遠慮《えんりょ》して、子を家に置いてきてしまったのである。もっとも中臈《ちゅうろう》や下臈《げろう》の子供にとって、今上《きんじょう》の直孫で、東宮のたった一人の親王である柾那の相手など、気を遣いすぎて楽しいものではなかったのだろうが。

生い立ちから同年代の他の子供よりはずっと行儀《ぎょうぎ》よくしつけられている柾那ではあったが、それでも五歳の男童《おのわらわ》である。こんな大人ばかりの環境に朝早くから連れてこられ、眠いわ退屈だわで、ついに癇癪《かんしゃく》を起こしてしまったのだ。

『もう、御所に帰る！』

叫ぶなり柾那は、大の字にひっくり返って手足をばたばたさせた。きれいに結った美豆《みず》良《ら》を乱し、萌黄《もえぎ》の表に二藍《ふたあい》をあわせた葉桜かさねの半尻《はんじり》（男児用の装束《しょうぞく》）を無残に着崩した有様に、高倉をはじめとした女房達は途方に暮れた。

少し休ませれば機嫌も直るものと考え、斎院御所の女房に頼んで宴が開かれている寝殿から東《ひがし》の対《たい》にと移動してみたが、残念ながら機嫌は直らなかった。

『いやじゃ。もう寝殿には戻らぬ！』

ひとしきり拗《す》ねたあとそれが聞き届けられないとなると、柾那は几帳で四方を囲い、砦《とりで》を作って籠城《ろうじょう》をはじめたのである。

強引に押し入ればますます拗ねるであろうから、高倉は帷《とばり》のむこうから宥《なだ》めたり叱《しか》ったりを繰り返していたが、柾那は頑として出てこなかった。これが日頃から我がまま放題の子供なら力ずくで引きずり出しもしようが、なにしろ普段は本当に聞き分けの良い健気《けなげ》すぎる子供なので、高倉も不憫《ふびん》に思うところがあったのだろう。

どうしたものかと皆が悩ましく思っているところに、先程の女房の一報である。

「左大臣の大君がいらしたの？　ねえ、いま、どこにいらっしゃるの？」

一刻でも早く彼女の居場所を聞き出そうと、柾那は高倉に詰め寄った。

はやる養い君に苦笑しつつ、高倉は報告にきた女房に答えを促した。

「つい先刻、車宿《くるまやどり》に入られたと聞きしましたので、今頃は中門《ちゆうもん》辺りにお出でかと」

「中門だね」

確認もそこそこに、柾那は簀子《すのこ》にと飛び出した。

「宮様、お待ち下さい」

呼び止める高倉の声などどこ吹く風とばかりに走ってゆく。

渡殿《わたどの》を過ぎて中門廊に上がったとき、前方に小袿《こうちぎ》姿の女人を見つけた。

大君だ。

彼女のほうも柾那に気付くと、笑顔で会釈《えしやく》をした。それだけで胸は歓喜に満ち溢《あふ》れ、行儀悪くも走りよってしまう。

「ごきげんよう、大君」

息を切らしながら言うと、大君はにっこりと微笑を投げかける。

「ごきげんよう、宮様」

彼女が少し動くと、控えめな香の薫《かお》りがふわりと鼻先をかすめる。

左大臣の大姫・藤原伊子《ふじわらのかのこ》は二十歳《はたち》とひとつ。咲き初《そ》めの蕾《つぼみ》の時季を経て、大きく花開いたいまが盛りの美貌《びぼう》である。

すらりとした立ち姿は女人にしては少し上背《うわぜい》があるが、艶《つや》のある黒髪は身の丈に負けないほど豊かに伸びている。小袿は藤の花を地紋にした白地の藤立涌《ふじたてわく》。薄紫の糸で藤の花房を織り出し二陪織物《ふたえおりもの》である。袖口《そでぐち》からは清らかげな薄紅《うすべに》色の単《ひとえ》がのぞく。まこと藤花の宴にふさわしい装いだった。

義母・斎院の幼馴染《おさななじみ》だというこの女人を、柾那が知ったのは半年程前だった。

彼女が父・東宮《とうぐう》の妃としてほぼ内定していたにもかかわらず、ゆえあってご破算《はさん》になったことは聞いている。細かい事情は分からぬが、なにゆえ父はこのように美しく朗《ほが》らかな人を退けたものなのだろう。柾那はそれがまことに残念でならない。なにしろそうであったのなら、いつだって彼女と御所で顔をあわせられたではないか。

その不満を口にすると高倉は呆《あき》れたように『御母上の女御《にょうご》様がご存命でしたら、さようなことはけして仰《おお》せにはなれませぬよ』と言った。柾那はその言葉の意味が分からなかったのだが、少しばかり気が咎《とが》めたことは覚えている。

左大臣の姫である大君が父のもとに入内《じゅだい》をしていたら、内大臣の娘である母の地位をまちがいなく脅《おびや》かしていた。のみならず彼女が男皇子を産みでもすれば、東宮の第一親王としての柾那の存在すら脅かしかねなかったことなど、五歳の男童には考えもつかぬことであった。

長身の大君は身を屈め、小さな柾那に視線をあわせてくれる。

「宮様もお出でになられていたのですね。もう藤の花は御覧になられましたか?」

「うん。きれいに咲いていたよ」

「まあ、それは楽しみですこと」

大君は朗らかに返すと、思いだしたように籬《まがき》のほうを指差した。

「御覧なさいませ。あんな場所にも藤が……」

彼女が指し示した籬の周りは前栽《せんざい》が整えられ、さほど大きくもない木蓮《もくれん》の木が植えられていた。乳白色《にゅうはくしょく》の大振りな花はすでに落ちていたが、青々とした葉を繁《しげ》らせた枝には藤の蔓《つる》が絡みついて薄紫の花を咲かせていた。

「昨年から、あの藤はございましたでしょうか?」

首を傾《かし》げつつ大君は訊くが、柾那にも記憶はなかった。

「私も知らない。でも、どうして木蓮の木に藤の花が咲いているの？」

これまで柾那が目にしてきた藤は、すべて四阿《あずまや》のような棚《たな》に咲いていた。御所にあるものも、ここ斎院御所の南庭《だんてい》のものもそうである。

大君はおかしげに笑った。

「あの藤は木蓮の枝から咲いているのではありませぬよ。藤はなよなよした蔓のみで硬い枝を持ちませぬので、他の木に巻きついて伸びてゆくのです。あれは山藤《やまふじ》でしょうから、庭師の手によるものではなく偶然咲いたものだと思いますわ」

「じゃあ、南庭の藤とはちがうの？」

「あちらは野田藤《のだふじ》でございますから、山藤とはちがいますね。樹木に対して左向きに巻きついておりましたら山藤でございます。野田藤は右巻きでございますから」

「そうなんだ!?」

はじめて聞いた話に柾那は興奮した。これまで藤は藤としてしか認識していなかったので、ちがう種類があることに驚いた。

それにしても大君は、本当に色々なことを知っている。彼女の話はどれもこれもが興味深いものばかりで、堅苦しい文章博士《もんじょうはかせ》の話とは雲泥《うんでい》の差だ。

（すごいなあ……）

柾那はため息をつくような思いで、大君を見上げる。

しかし藤の花ばかりを眺めている大君は、柾那の憧憬《しょうけい》の眼差《まなざ》しには気付かない。

「遠巻きですが、見事な花ぶりのようでございますね。草履《ぞうり》があれば近くまで行って眺めてみたいものでございますが」

少しばかり恨めしげに大君は言う。もっともたとえ草履があったところで、裾《すそ》をひく長《なが》袴《ばかま》では庭を歩くのは無理なので半分は冗談なのだろう。

しかし柾那はそう受け取らなかった。

「では、私が採ってくるよ」

言うなり柾那は、廊から飛び降りた。もちろん裸足《はだし》である。

後ろから大君がなにか言っていたが、かまわず走った。淡い紫の藤の花は、今日の大君にぴったりだと思った。だからせめてひと房でも採って彼女にあげたかった。男のように冠に飾ることはできないけれど、檜扇《ひおうぎ》の飾り花にならできるではないか。きっとよくお似合いになるはずだ。

そうやって胸を弾ませながら近づいた木蓮の木であったが、実際に傍に行くとそれは思った以上に高かった。薄紫の藤の花はとうてい手の届くような場所には咲いておらず、柾那は木の下で途方にくれた。

（どうしよう……）

そのとき、すっと影がさしかかった。

「柾那、なにをしているんだ？」

滅多《めった》に呼ばれぬ諱《いみな》と、聞き覚えのある声に驚いて顔をむけると、かねてより親しんでいた人がそばに立っていた。

「宮!?」

斎院の弟。式部卿宮《しきぶのきょうのみや》こと嵩那親王《たかふゆ》である。

すなわち義理の叔父《おじ》に当たる人だが、柾那にとってはむしろ兄に近い存在だった。

ひと目を惹《ひ》く端麗《たんれい》な容貌《ようぼう》に、気さくで明るい気性。気軽な装いである狩衣《かりぎぬ》は、白の表地から淡青（薄い緑）が透けた柳のかさねが瑞々《みずみず》しく、十八歳という若さがはちきれんばかりの着こなしぶりだった。

嵩那は腕を組み、からかいまじりのような眼差しで柾那を見下ろす。

「いかがいたした？　裸足で外を走り回るなど、そなたらしくもない。そんな汚れた足で簀子にあがったら高倉に怒られるぞ」

軽い口調でたしなめられ、柾那は肩をすくめた。嵩那の指摘通り、柾那の小さな足は砂と土にまみれている。だがとやかく言い訳をするよりも、いまはあの藤の花が欲しかった。

早く大君に持っていってあげたかったのだ。

恨めしげな視線を花にむけると、嵩那は察したような顔で手を伸ばした。

「なるほど、この花が欲しかったのかい？」

こくりとうなずくと、嵩那は笑いながらいとも簡単に藤の花を千切《ちぎ》ってみせた。そうして柾那の目の前で、まるで風に吹かれたかのように花房を揺らしてみせた。小さな花がいくつも鈴なりに開いていて、間近で目にすると遠巻きに見るのとはちがう美しさがある。

頬《ほお》を紅潮させる柾那の手に、嵩那は花房をのせた。

「ありがとう」

そう言って柾那は、廊のほうにむきなおった。すぐに大君のもとに行って見せてあげたいと思ったのだ。

だが――。

苦笑いを浮かべつつこちらを見ているものと思っていた大君は、檜扇も広げないままその場に立ち尽くしていた。彼女は柾那を見ていなかった。その視線は小さな柾那の身体《からだ》を通り越し、背後に立つ嵩那にむけられていた。

何事かと訝《いぶか》しく思いつつ、振り返って嵩那のほうを見上げる。

すると嵩那も、同じように大君を見つめていた。

あたかも視線を縫《ぬ》い付けられたように、二人はたがいを見つめあっていた。

（なんだろう？）

この二人は元々知り合いだったのだろうか？　それを尋ねようとした矢先、柾那の胸は急にざわつきはじめた。

やがて大君ははっとしたように、檜扇で顔をおおった。

応じて嵩那も、申しわけなさそうに視線をそらす。

女であれば男の前では顔を隠す。男であればむやみに女の顔を見てはいけない。そんなあたり前の礼儀すら失念してしまうほど、二人は相手の姿に目を奪われあっていたのだ。

一人弾き飛ばされたような疎外感《そがい》が、柾那の胸にこみあげる。

すがるような思いで二人を見比べていると、嵩那はその秀麗《しゅうれい》な顔をうっすらと赤らめて尋ねた。

「柾那、あの女人のお名前は？」

そのとき柾那の心に、これまで経験したことのない不快な感情がこみあげた。

あれほど親しんでいた嵩那に対して、罵声《ばせい》を浴びせたいような激情にかられた。

もちろん、それは表立ててはいけない感情だった。

東宮の一の宮として、柾那はそのように躾《しつ》けられていたから、親王としての品位を保って正直に答えることしか許されていなかった。

「——左大臣の大君、藤原伊子殿です」

「伊子…殿」

その名をつぶやく嵩那の瞳に陶酔《とうすい》したような色が浮かぶ。

初々《ういうい》しさの中に見える悩ましげな面持《おもも》ちに、桭那は胸に針で衝《つ》かれるような痛みを覚えた。そしてこのときの自分の幼い行動に対する桭那の後悔《こうかい》は、この後もずっと尾を引くこととなったのだった。

※この作品はフィクションです。実在の人物・団体・事件などにはいっさい関係ありません。

集英社オレンジ文庫をお買い上げいただき、ありがとうございます。
ご意見・ご感想をお待ちしております。

● あて先
〒101-8050　東京都千代田区一ツ橋2-5-10
集英社オレンジ文庫編集部 気付
小田菜摘先生

平安あや解き草紙
～その女人達、ひとかたならず～

集英社
オレンジ文庫

2020年6月24日　第1刷発行

著　者　小田菜摘
発行者　北畠輝幸
発行所　株式会社集英社
〒101-8050東京都千代田区一ツ橋2-5-10
電話【編集部】03-3230-6352
【読者係】03-3230-6080
【販売部】03-3230-6393（書店専用）
印刷所　図書印刷株式会社

※定価はカバーに表示してあります

ISBN 978-4-08-680325-0 C0193

集英社オレンジ文庫

小田菜摘

平安あや解き草紙
～その姫、後宮にて天職を知る～

訳あって婚期を逃した左大臣の大姫・伊子に、親子ほども年の離れた帝から入内の話が…！　断るも食い下がられ尚侍として後宮入りすることになったが、なにかと事件が絶えず…？

平安あや解き草紙
～その後宮、百花繚乱にて～

帝に熱望されながらも、伊子は偶然再会した元恋人への言いようのない感情に揺れていた。後宮にも慣れ仕事も楽しく思えていたが、新たな妃候補の入内に後宮が騒然となって…!?

平安あや解き草紙
～その恋、人騒がせなことこの上なし～

伊子が辞職の危機!?　帝の石帯から飾り石がひとつ無くなった。窃盗を疑いたくないが、紛失は事実。聞き込みの結果、容疑者は美しい新人女官と性悪な不美人お局の二人で…。

好評発売中

【電子書籍版も配信中　詳しくはこちら→http://ebooks.shueisha.co.jp/orange/】